DEUXIÈME ÉDITION

XAVIER DE MONTÉPIN

LE

VENTRILOQUE

II

LA FEMME

DU PRUSSIEN

PARIS

E. DENTU, LIBRAIRE-ÉDITEUR

PALAIS-ROYAL, 15-17-19, GALERIE D'ORLÉANS

LE

VENTRILOQUE

II

LA FEMME DU PRUSSIEN

LIBRAIRIE E. DENTU, ÉDITEUR

DU MÊME AUTEUR

La Maîtresse du mari, 3ᵉ édition, 1 vol. . . . 3 fr.
Le Secret de la comtesse, 3ᵉ édition, 2 vol.. . 6 fr.

F. Aureau. — Imprimerie de Lagny.

XAVIER DE MONTÉPIN

LE

VENTRILOQUE

II

LA FEMME DU PRUSSIEN

.PARIS

E. DENTU, ÉDITEUR

LIBRAIRE DE LA SOCIÉTÉ DES GENS DE LETTRES

PALAIS-ROYAL, 15, 17 ET 19, GALERIE D'ORLÉANS

—

1876

LE VENTRILOQUE

DEUXIÈME PARTIE

LA FEMME DU PRUSSIEN

1

La dame âgée occupant la baignoire avec la jeune femme avait dû être fort belle.

Des bandeaux de cheveux grisonnants, encore épais, encadraient son visage aux traits réguliers et accentués.

Sa toilette entièrement noire se recommandait par une élégance sévère.

La personne assise auprès d'elle achevait tout au plus sa vingtième année.

Elle était blonde avec de grands yeux d'un bleu sombre et sa figure, d'une douceur et d'une distinction parfaites, offrait en ce moment une pâleur inquiétante.

Elle semblait bien près de se trouver mal. — Son adorable tête se penchait comme une fleur mourante sur son corsage dont une robe de soie étroitement ajustée dessinait les formes gracieuses.

— Léonide, ma chère enfant, qu'avez-vous? — — murmurait sa compagne à son oreille. — A quel propos ce cri qui vous est échappé? Pourquoi donc êtes-vous si pâle et pourquoi tremblez-vous ainsi?

— Ce n'est rien, madame... rassurez-vous, — répondit au bout d'un instant la jolie blonde d'une voix profondément altérée.

— Vous souffrez, cependant...

— Oui... j'ai souffert, c'est vrai... Mais je vais déjà mieux...

— D'où venait votre mal?

— Je ne sais... une douleur subite et violente... là... au cœur... Je n'ai pas été maîtresse de moi dans le premier moment et j'ai honte de ma faiblesse...

— Êtes-vous sujette à ces douleurs soudaines?...

La jeune femme secoua la tête et répliqua :

— C'est la première fois de ma vie que j'éprouve quelque chose de pareil...

— Respirez ce flacon, je vous en prie... Il contient des sels anglais d'une grande force qui vous remettront complétement.

— Merci... Ce serait inutile... Je vous assure que la crise est passée...

En effet les teintes rosées du camellia commençaient à refleurir sur les joues d'une blancheur de neige.

— Souhaitez-vous quitter le spectacle? — reprit la dame vêtue de noir. — Désirez-vous que je vous reconduise?...

— Non... non... — répliqua vivement la jeune femme. — Je prends à la pièce un plaisir très-vif, et je tiens à rester... j'y tiens beaucoup...

— On étouffe dans cette baignoire... — De là peut-être vient votre malaise... — Voulez-vous sortir un instant? Nous irons prendre l'air à une des fenêtres du foyer?...

— Un peu plus tard je vous accompagnerai volontiers, mais en ce moment je ne me sens pas encore assez remise pour marcher...

— Ce sera donc quand il vous plaira...

Raquin, — nous l'avons dit, — s'était retourné brusquement.

En voyant la jeune femme il fit un haut-le-corps.

— Ah! par exemple, — murmura-t-il, — en voilà une sévère! — Lorsque ce polisson de hasard se mêle d'arranger les choses, il peut se vanter de damer le pion au plus malin!! — C'est Passecoul qui sera surpris!! Je le vois épaté!...

A l'instant précis où Raquin prononçait in petto le nom de son jeune collègue, ce dernier reprenait sa place à côté de lui.

— Eh bien! je sais où il est... — dit-il en s'asseyant.

— Pardieu! moi aussi, je le sais, et même ce n'était pas la peine de te déranger pour l'apprendre... — Ici tu étais aux premières loges!... — Mais présentement il s'agit d'autre chose... — Je te réserve une surprise qui se porte bien...

— Ah bah!... — Voyons la surprise.

— Retourne-toi sans en avoir l'air... — Regarde dans la loge basse qui est derrière ton dos et, quand tu auras jeté ton coup d'œil, garde-toi de témoigner ta stupeur par des gestes incohérents...

— Qu'est-ce qu'il y a donc dans cette loge?

— Je te répète de regarder...

Passecoul se retourna.

— Madame Metzer!!! — fit-il avec un étonnement profond.

— En personne véritable et naturelle! — Le mari absent, la femme au spectacle et dans le même théâtre que l'amoureux!! — Qu'en dis-tu?

— Je dis que c'est un rendez-vous...

— Pas possible.

— Pourquoi donc?

— Le lieutenant n'est à Paris que depuis quelques

heures, et nous ne l'avons point perdu de vue à partir du moment de son arrivée...

— Et l'institution de la poste aux lettres que tu oublies!... — Il a pu écrire...

— Il ne soupçonne ni peu ni beaucoup que son idole est si près de lui, j'en suis sûr... — N'as-tu pas vu son air ennuyé?... — D'ailleurs la petite femme, en l'apercevant tout à coup, a failli s'évanouir de saisissement... — preuve qu'elle ne le savait pas là.

— Alors la situation se corse... — Nous verrons à en tirer parti...

Des *chut!* réitérés interrompirent la conversation des deux complices.

La salle s'était repeuplée et on levait le rideau.

Après l'acte, Passecoul et Raquin quittèrent ensemble le parterre et allèrent se poster dans le couloir, à quelques pas de la porte de l'orchestre, mais un peu en arrière.

Ils ne tardèrent point à voir sortir Georges Pradel s'essuyant le front. — La chaleur étant écrasante dans la salle, le lieutenant avait déboutonné machinalement les revers supérieurs de sa redingote, ce qui n'échappa point à Passecoul.

— Bon à savoir... — murmura-t-il en donnant un coup de coude à Raquin. — Suivons-le... — Si véritablement il ne se doute de rien, j'ai mon idée...

L'officier se promena dans le couloir du rez-de-chaussée pendant deux ou trois minutes ; il passa sans s'arrêter et avec une indifférence manifeste devant la porte de la baignoire où se trouvait la jeune femme et, prenant une contre-marque au contrôle, il alla respirer sur le boulevard quelques bouffées d'air moins brûlant.

— Tu avais raison, ma vieille, — dit Passecoul à son compère, — l'amoureux est ici comme il serait ailleurs... et le hasard seul a tout fait...

— Alors, ton idée ?

— Tu verras... Viens au caboulot.

— Avec d'autant plus d'enthousiasme que j'ai une pépie de moineau franc, et que je sécherais avec volupté une chope ou deux de n'importe quoi...

— Garçon ! — commanda Passecoul en s'installant à une petite table, — deux bocks et ce qu'il faut pour écrire...

— Tu vas faire ta correspondance ? — demanda Raquin d'un air naïf.

Le bandit blond ne répondit pas.

Lentement, et d'une grosse écriture incorrecte mais très-lisible, il traçait sur une feuille de papier ces quelques mots :

« Un ami inconnu prévient le lieutenant Georges Pradel que madame Léonide M... se trouve dans la baignoire n° 16, avec une autre dame, et que M. M... n'est pas à Paris. — A bon entendeur, salut ! »

Quand il eut achevé, il tendit le papier à Raquin en lui disant :

— Comprends-tu?

— Je commence...

La sonnette de l'entr'acte chassait du café les consommateurs.

— Rentrons vite... — fit Passecoul.

— Vas-tu donc agir tout de suite?

— C'est probable.

— Prends garde de manquer ton coup...

— Bah! qui ne risque rien n'a rien...

Les neuf dixièmes des spectateurs avaient regagné leurs places.

Passecoul s'assura que le lieutenant occupait déjà son fauteuil et que, pour sortir, il lui faudrait déranger ses voisins assis comme lui, ce qui prendrait quelques secondes.

Il s'approcha du placeur de l'orchestre.

— Monsieur, — lui dit-il avec une extrême politesse, — je viens solliciter de votre complaisance un petit service.

— Si c'est pour un fauteuil, — répliqua l'employé, — je le regrette, mais c'est impossible... — Je n'ai plus rien... pas seulement un strapontin...

— Il s'agit de toute autre chose... — Regardez, je vous prie, au troisième rang, le huitième fauteuil... Vous voyez un jeune homme?...

— Oui, monsieur, un jeune homme avec de longues moustaches blondes ébouriffées... — Joli garçon... tournure militaire... — Est-ce ça?

— C'est parfaitement ça. — Veuillez prendre ce petit papier et le remettre à ce jeune homme.

— Mais, monsieur, n'entendez-vous pas qu'on frappe? — Le rideau va lever... je dérangerais le public...

— Dérangement sans importance... — Il est très-essentiel que le jeune homme en question reçoive ce petit papier sans le moindre retard... Voici deux francs que je vous prie d'accepter.

Un placeur ne résiste point à quarante sous courtoisement offerts.

— C'est bien, monsieur, — fit-il; — que devrai-je dire à la personne?

— Tout simplement ces mots : — *Si vous êtes le lieutenant Georges Pradel, ceci est pour vous...*

— Le lieutenant Georges Pradel? — répéta l'employé du théâtre.

— C'est cela même...

— Je vais lui parler...

Le placeur entra dans l'orchestre pour s'acquitter de sa commission.

Passecoul saisit le bras de Raquin et l'entraîna rapidement jusqu'à l'extrémité du couloir où il s'arrêta, tout près de la baignoire numéro 16.

II

Les deux misérables attendirent, les yeux fixés sur la porte de l'orchestre.

Leur attente fut courte.

Au bout d'un instant le placeur reparut puis, presqu'aussitôt, Georges Pradel s'élança dans le couloir.

— Attention ! — dit tout bas Passecoul à Raquin. — Prête-moi main forte si c'est nécessaire...

Et le jeune bandit se mit à marcher très-vite à la rencontre du lieutenant, comme un spectateur qui se sachant en retard se hâte de regagner sa place.

Certes la largeur du couloir est suffisante pour que quatre personnes y puissent aisément passer de front.

Ceci n'empêcha point Passecoul, au moment où il allait croiser l'officier, de dévier de la ligne droite

1.

avec une maladresse si adroitement calculée que les deux hommes, lancés en sens contraire, se heurtèrent à la façon de deux trains placés sur une seule voie et qui se tamponnent.

Le choc fut violent. — Passecoul chancela ou du moins en eut l'air et, pour ne pas tomber, s'accrocha pendant une seconde à l'officier.

Ce dernier, furieux de cet abordage inattendu, saisit par les épaules le complice de Raquin, et le secouant rudement lui dit avec colère :

— Eh! sacrebleu! monsieur, êtes-vous ivre? Êtesvous aveugle, ou votre insigne gaucherie cache-t-elle une arrière-pensée d'insulte et de provocation?

Passecoul recula de deux pas et, saluant avec humilité, balbutia :

— Ni insulte, ni provocation , ni rien de ce genre, oh! grand Dieu!! monsieur, n'en doutez pas!! — Je ne suis point ivre, d'ailleurs, ne me grisant jamais ; ni tout à fait aveugle... — Malheureusement j'ai la vue si basse qu'en traversant les boulevards il m'arrive de prendre les fiacres pour de simples passants... — Je ne vous voyais pas et suis au désespoir de vous avoir ainsi coudoyé... — Recevez-en, monsieur, mes plus humbles excuses...

Il était impossible qu'une attitude à ce point soumise ne calmât pas instantanément Georges Pradel.

Aussi répondit-il avec un sourire pacifique :

— Voilà qui est au mieux, monsieur!... — Votre myopie étant donnée, vous êtes moins à blâmer qu'à plaindre, et je ne puis vous en vouloir d'une agression involontaire... — Permettez-moi seulement de vous offrir un bon conseil...

— Je le permets, monsieur, et j'en profiterai s'il se peut...

— Eh bien! achetez des lunettes... — Un brutal comme j'en connais vous aurait tout à l'heure corrigé d'importance avant d'entendre vos raisons.

— L'avis est bon, monsieur, et je compte le suivre au plus tôt... — J'achèterai dès demain de bons verres grossissants qui me permettront de faire connaissance avec votre visage, si j'ai l'heureuse chance de vous rencontrer de nouveau... — Monsieur, je vous salue...

— Mes compliments, monsieur...

L'incident était vidé, comme on dit en style parlementaire ou judiciaire.

Georges Pradel souleva son chapeau et se remit en marche dans la direction de cette baignoire qui l'attirait irrésistiblement.

Passecoul, — auquel Raquin n'avait pas eu besoin de venir en aide, — s'élança, suivi de son complice, dans un des escaliers qui conduisent à la galerie, longea le couloir des premières loges, redescendit par l'escalier de l'autre côté, prit une contremarque au contrôle pour ne pas avoir l'air d'un monsieur qui se sauve, traversa le vestibule et arriva sur le boulevard.

Raquin, ayant exécuté de point en point les mêmes manœuvres, s'y trouva en même temps que lui.

— Est-ce fait ? — lui demanda-t-il à l'oreille.

— Pardieu !...

— L'ordre et la marche ?

— Emboîte-moi plus que jamais. .

— Sufficit !...

Passecoul héla le cocher d'un coupé qui passait à vide.

Les deux gredins montèrent dans ce coupé.

— Où allons-nous, bourgeois ? — demanda l'automédon.

— Place de la Bastille, je te prends à l'heure...

La voiture roula.

— Hein ? — fit Passecoul en riant. — Qu'en dis-tu ?

— Je dis que c'est de première force !! — Moi qui prévoyais la chose et qui regardais de mes deux yeux, je n'y ai vu que du feu... Si bien que j'ai cru le coup manqué !!!

— Oui, c'était assez réussi, — reprit le blond scélérat. — J'aurais eu de jolis succès chez Robert Houdin ou chez Hamilton dans la prestidigitation et les escamotages, ayant incontestablement la main leste.

Passecoul, après avoir ainsi parlé, tira de sa poche deux objets, le porte-cigares que nous connaissons et une boîte d'allumettes-bougies.

Il tendit cette boîte à Raquin, après avoir fermé les vitres et abaissé les stores, et il dit :

— Enflamme ces allumettes l'une après l'autre, en ayant soin de les tenir bien droites pour les faire durer plus longtemps... — Nous avons besoin d'y voir clair...

Raquin obéit et la lueur vacillante des bougies microscopiques éclaira tant bien que mal l'intérieur de la voiture.

Passecoul ouvrit alors le porte-cigares et il en explora le contenu.

— Deux billets de mille, un de cinq cents et trois de cent... — murmura-t-il, — ça fait deux mille huit cents livres, ou l'addition n'est qu'un vain mot...

— Quatorze cents pour chacun de nous... — insinua Raquin.

— Tu t'en ferais mourir !! — répliqua le jeune gredin. — J'ai tout combiné, tout observé, tout préparé... J'ai agi seul de A jusqu'à Z... — En stricte justice je ne te dois rien, mais je suis un bon enfant et la crème des camarades... — Nous avons commencé l'affaire ensemble, nous la finirons ensemble, ni plus ni moins que si tu m'avais donné un coup de main solide... — Seulement j'ai droit à une prime et je me la décerne à l'unanimité... — Empoche un des billets de mille... je garde l'autre et les coupures...

Raquin empocha sans mot dire, un peu vexé, mais très-convaincu ; regrettant l'inégalité du partage, mais sachant à merveille que Passecoul était dans le vrai.

— Éclaire toujours !... — commanda ce dernier, — la correspondance ci-incluse peut n'être pas dépourvue d'intérêt.

Successivement il tira de leurs enveloppes les deux premières lettres de M. Domerat à son neveu.

Les trouvant insignifiantes à son point de vue particulier, il ne fit que les parcourir.

Il n'en fut pas de même pour la troisième, — celle remise le matin même à Georges Pradel, au bureau du Grand-Hôtel.

Celle-ci captiva violemment, et dès les premières lignes, son attention tout entière.

Quand il l'eut achevée, une exclamation sourde s'échappa de ses lèvres.

— Qu'est-ce qu'il y a donc dans cette missive pour t'agiter ainsi ? — demanda Raquin.

— Ce qu'il y a ? — répéta Passecoul ; — il y a la fortune !!

— Ah ! diable !... un vrai magot ?... un fort

sac?... Quelque chose dans les vingt mille francs?...

— Plus de trois cent mille balles!...

Raquin eut un éblouissement.

— Et c'est sérieux? — balbutia-t-il.

— Est-ce que j'ai la mine d'un blagueur?...

— Et on peut mettre la main sur *la braise?*

— Je compte bien y mettre la mienne...

— Tu veux dire la nôtre, n'est-ce pas, mon petit Passecoul?... — Je suis de l'affaire?... hein?... J'en suis?...

— Il est probable que j'agirai seul, selon mon habitude; mais je n'en aurai pas moins besoin de ton aide... — Nous partagerons donc après la réussite...

— Et nous deviendrons des gens huppés? des bourgeois cossus?...

— Nous deviendrons même d'honnêtes gens, si le cœur t'en dit... — répliqua Passecoul en riant. — Mais cela, je t'en préviens, sera plus difficile...

— Quand agirons-nous?

— Dès demain... — ou plutôt dès cette nuit... — Il n'y a pas un jour à perdre...

— Donne-moi des détails... qu'aurai-je à faire?

— Le guet.,.

— Comment?

— Georges Pradel ne doit pas quitter Paris avant quarante-huit heures... — A tout prix il faudra l'empêcher de partir... Tu entends, Raquin, à tout prix !!

— J'entends, mais je ne comprends pas... et entre nous, tu sais, je voudrais bien comprendre...

— Dix lignes de certaine lettre écrite par l'oncle du lieutenant te mettront mieux au fait que des explications compliquées.

— Et ces dix lignes ?

L'intervention soudaine du cocher coupa court à ce dialogue.

— Bourgeois... — dit-il en se penchant vers une des portières, — nous approchons de la Bastille... — Où faut-il vous conduire ?...

— Aux *Quatre Sergents de la Rochelle*... — répondit Passecoul.

III

Le restaurant que nous venons de nommer est bien connu aux environs de la place de la Bastille, et même plus loin.

Sa cave, abondamment pourvue jadis de certains vins d'Anjou qu'on n'aurait pu trouver ailleurs, y attirait toute une catégorie de gourmets.

L'auteur de ce récit se souviendra toujours d'un *Clos des Rôtissants* qui faisait son bonheur il y a quelques années.

Passecoul et Raquin quittèrent leur voiture, entrèrent dans le restaurant, montèrent au premier étage, et Passecoul dit impérieusement au garçon qui les reçut :

— Un cabinet... quatre douzaines d'escargots...

deux bouteilles de Saumur, et plus vite que ça! nous sommes pressés...

Au bout de cinq minutes ils étaient servis.

Passecoul poussa le verrou de manière à rendre toute surprise impossible, puis il tira de sa poche la dernière lettre de M. Domerat, il approcha sa bouche de l'oreille de son complice et, étouffant le son de sa voix, il lut, en appuyant sur quelques passages.

Quand il eut achevé, il demanda :

— Comprends-tu, maintenant ?

— Je comprends qu'il y a trois cent cinquante mille francs en or et en billets de banque au château de Rocheville, ce qui est un denier très-coquet... Mais tu me l'avais déjà dit...

— Et tu ne vois que ça dans la lettre ?

— Ma foi, oui...

— Il ne te semble pas que ce fort sac nous appartient déjà ?...

— Ma foi, non,..

Passecoul haussa les épaules.

— Ah! — fit-il avec un profond dédain, — moi qui te croyais de la jugeotte !...

— Et je me flatte d'en avoir, — répliqua Raquin, — mais je ne m'emballe point comme toi à la poursuite d'une turlutaine impossible. — Tu veux mettre la main sur le magot... — Parbleu, c'est clair, et je le voudrais comme toi, mais le moyen ?... — A la

Banque de France aussi, et au Comptoir d'escompte,
il y a de l'argent, et plus que là-bas, et ça ne nous
fait pas la jambe plus belle... — Que veux-tu ? moi,
je suis pratique !! — Te figures-tu par hasard que ce
Landry, qui doit être un gaillard solide puisque le
vieux Domerat lui accorde une confiance entière,
laissera ces deux bons garçons qu'on appelle Passecoul et Raquin s'installer au château pour y déva-
liser la cachette à leur aise?... — Allons donc ! jamais de la vie !... — Nous nous ferons pincer en
tentant l'aventure, voilà le plus clair de la chose...

Le bandit blond regarda son compère avec un re-
doublement d'ironie.

— Tiens, vois-tu, ma vieille, — s'écria-t-il ensuite,
— tu me fais mal aux cheveux tant ta bêtise est mo-
numentale !! — Parole sacrée, tu es arrivé trop tard
à la distribution du bon sens !!... Il n'en est pas resté
pour toi !! — Oui, cent fois oui, Passecoul et Raquin,
ces deux charmants garçons, seraient reçus au château de Rocheville comme des caniches dans un jeu
de boules... — Mais qui te parle de Passecoul et de
Raquin ? Crois-tu que le lieutenant Pradel sera mis à
à la porte par les serviteurs de son oncle?...

— Non, assurément, je n'en crois rien... Mais
qu'est-ce que ça nous fiche ?...

— Tu n'as donc pas écouté la lettre ?... Eh bien, je
vais t'en relire un petit morceau...

Et Passecoul relut en effet :

« J'écris deux lignes à Jacques Landry, un ancien matelot, un brave homme que tu ne connais pas... »

— Entends-tu ?... — Comprends-tu !... — poursuivit le jeune misérable. — Georges Pradel ne connaît pas Jacques Landry ; donc Jacques Landry ne connaît pas Georges Pradel !! — Est-ce clair ?...

— Comme de l'eau de roche...

— Donc il accueillera de confiance et à bras ouverts le neveu de M. Domerat, annoncé par M. Domerat, ayant sa poche pleine de lettres de M. Domerat, et sachant sur le bout du doigt le secret des trois cent cinquante mille francs de M. Domerat !! — Est-ce toujours clair ?...

— Toujours.

— Et tu n'as pas encore deviné que le lieutenant ce sera moi ?...

Raquin regarda Passecoul avec une indicible stupeur.

— Toi !! — murmura-t-il.

— Moi-même, pardieu !... et la chose est moins difficile que tu ne le supposes... — Il suffira de supprimer ma fausse barbe et d'ajouter sur ma lèvre une longue moustache blonde ébouriffée, pour me faire une tête d'officier et me donner une vague ressemblance avec Georges Pradel... — C'est indispensable... — M. Domerat peut avoir décrit le physique

ou montré la photographie du neveu à son régisseur... — La moustache arrangera tout... — Un plus
malin s'y tromperait... — Donc on ne songera seulement pas à discuter mon identité... — J'aurai soin
d'arriver le soir, et le soleil levant du lendemain ne
me retrouvera plus au château !...

— Pendant la nuit tu feras le coup ?

— Naturellement, et je te garantis qu'il sera bien
fait...

— Mais si Jacques Landry essaye de défendre
l'argent ?...

— Tant pis pour lui !...

— Si la jeune fille s'éveille au bruit ?...

— Tant pis pour elle !... — Chacun pour soi ! —
J'ai dans ma poche un couteau, je m'en sers.. —
Ces gens n'ont qu'à dormir...

Ces réponses effroyables furent faites avec un
calme sinistre qui, à tout autre qu'à Raquin, aurait
donné le frisson.

Passecoul continua.

— Tu vois, ma vieille, que je n'ai rien oublié... —
dit-il. — Le plan est simple et doit réussir... — Un
seul péril sérieux pourrait me menacer...

— Lequel ?

— Georges Pradel arrivant à l'improviste là-bas et
brouillant mes cartes par sa présence...

— Ah ! diable !... Je ne songeais point à cela...

— Mais moi je songe à tout... — Or, tu me garderas contre ce coup de tampon, et ce sera ta part de collaboration...

— Suffit ! l'ordre et la marche ?

— Nous retournons au Gymnase *illico*... — Nous nous assurons que le lieutenant n'a pas bougé, ce qui d'ailleurs est absolument sûr, vu la présence de son amoureuse. — Je te donne une poignée de main et je file sur Rouen par un train de nuit... N'importe lequel... Je serai toujours assez tôt à Malaunay, ne voulant faire mon entrée à Rocheville que demain soir quand on n'y verra goutte...

— Comme ça, je ne vais pas avec toi ?

— Au château tu serais inutile et gênant ; ici tu es indispensable...

— La consigne ?

— T'attacher au lieutenant, ne le perdre de vue ni une minute ni une seconde jusqu'à ce qu'il ait regagné sa case au Grand-Hôtel. — Demain matin, au point du jour, recommencer de plus belle la surveillance. — La fantaisie de filer en Normandie pourrait venir au jeune homme et je serais pincé ! — Il ne faut pas, tu m'entends, tu me comprends, il ne faut pas qu'il parte demain...

— Comment l'en empêcher ?...

— Par tous les moyens...

— Mais encore ?...

— Fais-toi cette nuit une tête de fantaisie, de façon à te rendre méconnaissable... c'est le pont-aux-ânes!... — Le physique et la tenue d'un vieil officier retraité et rageur seraient parfaits pour chercher querelle à Georges Pradel... — Tu as du *quibus*. Achète une grande redingote bleue, de chic militaire, chez le fripier que nous connaissons et qui ouvre à n'importe quelle heure sa porte aux camarades quand ils ont le mot de passe. — Enfin, si tout échouait, si Georges Pradel prenait le chemin de la gare sans que tu aies pu venir à bout de l'en empêcher, jette-lui au visage en passant une fiole d'acide sulfurique... — Ça vaudra une patte cassée pour le retenir, et ce sera moins compromettant qu'un coup de couteau...

Ces choses se disaient dans la voiture où les deux misérables étaient remontés en quittant le restaurant du boulevard Beaumarchais.

Passecoul fit tout à coup un mouvement brusque en poussant une exclamation étouffée.

— Qu'est-ce que tu as? — demanda Raquin.

— C'est une idée qui vient de me traverser l'esprit...

— Voyons l'idée,,.

— Ça serait trop beau... C'est impossible... — murmura le bandit blond, comme se parlant à lui-même...

— Voyons toujours...

— Combiner la fortune et la vengeance... Mettre les morceaux doubles... Lever trois cent cinquante mille francs et payer du même coup nos vieilles dettes d'Afrique à Georges Pradel... Qu'est-ce que tu dirais de ça, Raquin?

— Je dirais comme toi : C'est trop beau !

— Et pourtant ça pourrait se faire, si le hasard te permettait de chambrer le lieutenant pendant quarante-huit heures, et de le chambrer si bien et si complétement qu'il ne puisse dire : — « J'étais là ! » et qu'il ne puisse surtout prouver qu'il y était...

— A quoi ça nous servirait-il ?

— A lui faire endosser, sans résistance possible, ce qui va se passer là-bas !!... On saura dans le pays, grâce à moi, que Georges Pradel est arrivé... — Je laisserai au château, — je m'en charge, — des traces indiscutables de sa présence... — Donc il sera venu, et, si un crime a été commis, c'est à son actif qu'on le portera... Qu'est-ce que tu dis de ça, Raquin?...

— Je dis que tu es le diable en personne ou, pour le moins, son proche parent !

IV

Passecoul, en quittant avec Raquin le restaurant des *Quatre Sergents de la Rochelle*, avait donné l'ordre au cocher de revenir au boulevard Bonne-Nouvelle.

Le coupé s'arrêta.

Les deux complices descendirent de voiture et, grâce aux contremarques prises à tout hasard par Passecoul, ils rentrèrent au théâtre, mais ne songèrent pas un instant à regagner leurs places.

Il leur suffisait de voir Georges Pradel se promenant de long en large dans le couloir du rez-de-chaussée, et ne s'éloignant pas plus de la baignoire n° 16 qu'un soldat en faction ne s'éloigne de son poste.

On jouait le dernier acte de la *Dame aux Camellias*.

La touchante agonie de Marguerite Gautier était
commencée. — A tous les étages de la salle les
larmes coulaient. — Les femmes se mouchaient avec
bruit, et de temps en temps on entendait dans quelque loge éclater un sanglot.

Passecoul donna une poignée de main à son collègue et lui dit tout bas :

— Parole d'honneur, je crois que le jeune homme
ne s'est encore aperçu de rien et s'imagine que son
porte-cigares est toujours dans sa poche ! — Tu le
tiens, ne le lâche plus... — N'oublie rien... fais
bonne garde, et viens m'attendre après-demain matin à la gare Saint-Lazare... — J'ignore à quelle
heure j'arriverai, mais j'arriverai certainement...

Et il partit, laissant Raquin monter la garde aux
alentours de Georges Pradel.

Pendant l'absence des deux bandits, voici ce qui
s'était passé :

Nous avons entendu la jeune femme blonde, dési-
gnée par Passecoul sous le nom de Léonide Metzer,
répondre à sa compagne que, lorsque viendrait l'entr'acte, elle sortirait volontiers avec elle pour respirer à l'une des fenêtres du foyer une atmosphère
moins suffocante que celle de la salle.

L'entr'acte arriva...

Madame Metzer avait vu l'officier quitter brusquement son fauteuil d'orchestre. — Elle avait deviné sa

présence dans le couloir. — Elle avait compris, sans se retourner, qu'il collait son visage au carreau de la loge.

Elle s'attendait donc à le voir apparaître dès le premier pas qu'elle ferait hors de la baignoire.

Son attente ne fut point déçue.

Georges, qui d'un regard fiévreux épiait le mouvement léger de la porte prête à s'ouvrir, se trouvait en face de cette porte et, pâle, ému, tremblant, la tête en feu et le cœur sautant dans la poitrine, s'adossait à la muraille circulaire.

La jeune femme, aussi émue, aussi pâle, aussi tremblante que le lieutenant, fit passer sa compagne devant elle et, tournant vers Georges ses beaux yeux pleins de trouble, d'inquiétude, de tendresse craintive et de supplication timide, elle appuya son doigt sur ses lèvres.

Dans leur muette et irrésistible éloquence ce geste et ce regard voulaient dire :

— Nous ne nous connaissons point et nous ne nous sommes jamais vus... — Ne me parlez pas... ne me saluez pas... ne me reconnaissez pas... — De la moindre imprudence de votre part résulterait pour moi un danger certain... un malheur probable...

Georges Pradel comprit tout cela, et nous croyons à peu près superflu d'ajouter qu'il ne songea pas une minute à désobéir.

Un amoureux véritablement épris est disposé sans cesse à la plus passive obéissance, c'est même un des irrécusables symptômes de cette pernicieuse et contagieuse maladie qu'on appelle l'amour...

Mais si madame Metzer défendait au lieutenant de s'approcher d'elle et de lui parler, elle ne lui défendait ni de la regarder ni de la suivre, et pendant le temps, bien court du reste, que les deux femmes passèrent au foyer, Georges put s'enivrer de la vue de cette charmante créature qu'un quart d'heure auparavant il croyait à jamais perdue pour lui ; — il put, en marchant derrière son idole, admirer ces beaux cheveux blonds relevés sur la nuque rose et formant au sommet de la tête un casque d'un or pâle d'où s'échappaient des mèches folles. Ce cou gracieux, cette taille souple et cambrée, à la fois ronde et fine ; tout ce corps harmonieux dont la jupe étroitement serrée, selon les inflexibles lois de la mode, accusait les formes exquises, et qui, dans chacun de ses mouvements, révélait une perfection et une séduction nouvelles.

Et quand le jeune homme et la jeune femme se croisant, échangeaient un regard furtif, les yeux de Georges exprimaient une passion si chaude, l'étincelle qui s'en échappait, vibrante et chargée de fluide, allait si droit au but, que Léonide sentait ses joues s'empourprer, et que ses paupières aux longs cils s'abaissaient instinctivement sous les caresses de ce regard.

Il est bien entendu que la vieille dame ne s'apervait en aucune façon de ce petit manége.

— Ou je me trompe fort, ma chère enfant, — dit-elle, — ou vous allez maintenant tout à fait bien... — Vous voilà fraîche comme une rose et plus belle qu'un ange...

— Vous ne vous trompez point, madame, — répliqua Léonide avec un sourire, — du moins en ce qui concerne mon malaise passager de tout à l'heure. — Il n'en reste aucune trace... Je ne me suis jamais mieux portée...

— Je cherche en vain d'où venait ce malaise, — poursuivit le chaperon, — et je ne puis trouver de valable motif... — Peut-être résultait-il simplement de l'émotion causée par la pièce...

— Peut-être, en effet...

— Une jeune femme de mes amies, — (je vous parle du temps où j'étais jeune moi-même,) — ne pouvait assister à la représentation d'un drame un peu trop amoureux sans en rapporter un ébranlement des nerfs qui durait plusieurs jours... — Aussi son mari prudent et sage, désireux de couper le mal dans sa racine, ne la conduisait plus qu'au Théâtre-Français, les soirs de tragédie... — Je trouve, moi, qu'il avait raison... La tragédie laisse les nerfs en

2.

paix, n'éveille point l'imagination, et l'endormirait au besoin...

Elle aurait pu parler longtemps ainsi, la bonne dame, sans obtenir de sa compagne autre chose que de vagues monosyllabes exprimant une inconsciente adhésion.

Léonide ne l'écoutait plus.

En revanche, Georges Pradel avait beau rester silencieux, elle entendait ce qu'il ne disait pas.

La sonnette électrique annonçant la fin de l'entr'acte dépeupla la foyer en quelques secondes.

Madame Metzer sortit en adressant au lieutenant un regard qui certes ne signifiait point : *Adieu!* mais : *Au revoir!*

Le jeune officier, resté seul, ne redescendit pas tout de suite.

Il se laissa tomber sur une banquette et il s'absorba dans son bonheur, bonheur d'autant plus immense qu'il était plus inattendu et plus inespéré.

Nos lecteurs comprendront l'ivresse de Georges quand ils connaîtront le drame d'amour commencé quelques mois auparavant et qui, interrompu ou plutôt brisé en Afrique d'une façon soudaine et brutale, se renouait à l'improviste à Paris.

Ce drame, nous le raconterons bientôt.

Tout à coup Georges frissonna.

Une pensée inquiétante se glissait dans son délire,

et, comme une goutte d'eau glacée, arrêtait net les bouillonnements de son âme.

Il se souvenait pour la première fois de l'avis glissé dans sa main par le placeur de l'orchestre et accompagné de ces mots murmurés à son oreille :

— Si vous êtes le lieutenant Georges Pradel, ceci est pour vous...

L'officier avait plié et mis dans sa poche la mystérieuse feuille de papier.

Il la reprit, la défripa et relut ces lignes tracées, nous l'avons dit, d'une grosse écriture incorrecte qui ne décélait point l'homme du monde :

« Un ami inconnu prévient le lieutenant Georges Pradel que madame Léonide M... se trouve dans la baignoire n° 16 avec une autre dame, et que M. M... n'est pas à Paris. — A bon entendeur, salut ! »

— Qui donc, — se demanda-t-il, — avait écrit cela ?

Qui donc le connaissait dans cette salle de spectacle où il croyait ne connaître personne ?

Qui donc savait l'immense amour que lui inspirait Léonide ?

Qui donc enfin lui portait assez d'intérêt pour le prévenir que le hasard, à son insu, le rapprochait de celle qu'il aimait, et pour ajouter que cet épouvantail des amants, LE MARI, n'était point à Paris ?

Georges Pradel se posa toutes ces questions.

A aucune il ne lui fut possible de trouver une réponse.

Très-soucieux, il quitta le foyer et descendit à l'entrée de l'orchestre.

— Monsieur, sans doute, vient reprendre sa place ? — lui demanda le placeur.

— Non, — répliqua Georges, — je viens seulement vous prier de m'apprendre par qui vous a été remis le papier que vous m'avez donné tout à l'heure.

En même temps il glissait une pièce de cinq francs dans la main de l'employé.

Ce dernier refusa de la recevoir.

— Je volerais l'argent de Monsieur... — dit-il. — Je ne sais absolument rien... — Le jeune homme était blond et portait toute sa barbe... — Voilà mon unique renseignement... — Il ne vaut pas cent sous...

V

La réponse du placeur n'éclaircissait rien.

L'intervention mystérieuse d'un inconnu dans une affaire d'amour qui devait être absolument ignorée, devenait au plus haut point suspecte.

— Ceci cache un piége, — pensa Georges, — Metzer est capable de tout...

Au bout de quelques secondes de réflexion il ajouta :

— Et personne cependant, pas plus lui qu'un autre, ne connaissait ma présence à Paris... — Personne surtout ne pouvait deviner que je viendrais ce soir au Gymnase, puisque je ne m'en doutais pas moi-même avant d'avoir lu les affiches... Donc, si le piége que je soupçonne existe, il est improvisé. —

Quel peut être ce jeune homme à barbe blonde ? — J'ai beau chercher, je ne trouve pas... — Quoi qu'il en soit, j'irai jusqu'au bout... — Un bienheureux hasard a remis dans ma main le bout du fil d'Ariane que je croyais brisé... — Qu'importe le péril ? Qu'importe la mort même ? — Je braverais tout, d'un cœur joyeux, pour me rapprocher de Léonide...

Il sortit du théâtre et se dirigea vers la file des fiacres qui stationnaient le long du trottoir en attendant la fin du spectacle, et fit choix d'une victoria dont le cheval semblait vigoureux.

— Je vous prends à l'heure... — dit-il au cocher ; — voici cent sous... — Donnez-moi votre numéro. — Il s'agira de suivre une voiture... — Si vous ne la perdez pas de vue, je doublerai la somme...

— Compris, bourgeois... — répliqua l'automédon. — Une histoire de femme, hein ? Ça me va ! ! ! ça m'amuse ! ! — Est-ce une voiture de maître qu'il faudra filer ?...

— Je l'ignore, mais c'est peu probable.

— Du reste, ça ne ferait rien à l'affaire... — J'ai dans mes brancards un petit bidet breton qui rendrait des points, haut la patte, à plus d'un fin trotteur anglais... — Je vais me placer là en face le restaurant Marguery. — Vous me désignerez la boîte à suivre et je me charge du reste...

— Vous aurez soin de vous tenir toujours à vingt

pas en arrière, — reprit Georges.— Quand la voiture s'arrêtera vous la dépasserez, et vous ferez halte à votre tour à quelque distance... assez loin pour ne point attirer l'attention, assez près pour qu'il me soit possible de voir entrer chez elles les personnes qui descendront...

—Suffit, bourgeois... — Rapportez-vous en à moi... J'ai le truc...

Les choses étaient bien convenues.

Le lieutenant, après s'être rendu compte de l'endroit précis où il retrouverait son cocher, reprit le chemin du théâtre.

En montant les marches, il déboutonna sa redingote pour regarder l'heure à sa montre, et d'une façon toute machinale il palpa la poche intérieure où devait se trouver son porte-cigares, entièrement oublié par lui depuis que l'apparition de madame Metzer lui mettait la tête à l'envers.

Sa main, — nous le savons déjà, — ne rencontra que le vide.

Il se mordit les lèvres pour étouffer un cri de surprise et de colère.

Le porte-cigares, — on s'en souvient, — renfermait, outre les lettres de M. Domerat, deux mille huit cents francs en billets de banque.

— Triple maladroit que je suis!! — murmura Georges. -— Comment donc ai-je pu le perdre, après avoir pris tant de précautions pour le mettre en lieu sûr ?

Une pensée soudaine traversa comme un éclair le cerveau de l'officier.

Il se souvint de ce jeune homme si poli qui, après l'avoir heurté violemment, s'était accroché à lui pour se soutenir.

— Ah ! — pensa-t-il. — Je comprends, mais trop tard !! — Je n'ai rien perdu !... on m'a volé !! — Ce prétendu myope était un pick-pocket !! — Comment n'ai-je pas deviné cela quand le drôle était sous ma main ?...

Georges Pradel n'attachait et ne pouvait attacher qu'une importance médiocre à la disparition des lettres de son oncle. — Il ne se souvenait même plus du paragraphe relatif à la grosse somme placée sous la garde de Jacques Landry, au château de Rocheville.

La question des deux mille huit cents francs perdus pour lui était donc la seule qui dût le préoccuper sérieusement, et, dans la disposition d'esprit où il se trouvait, cette préoccupation ne pouvait être de bien longue durée.

— Qu'importe cet argent, après tout ? — se demanda-t-il au bout de quelques secondes. — Il me reste près de dix louis... C'est plus qu'il ne faut pour attendre...

Et, se cuirassant de philosophie, il prit son parti d'un « accident » qui lui semblait minime, sans se douter des épouvantables conséquences qu'il pouvait entraîner pour lui.

Il rentra dans la salle, et comme le spectacle allait finir d'un moment à l'autre, il s'arrêta d'un air indifférent à dix ou quinze pas de la baignoire n° 16.

C'est là que l'aperçurent Passecoul et Raquin qui, trompés par l'expression très-calme de sa physionomie, supposèrent qu'il ne s'était pas encore aperçu du vol dont il venait d'être victime.

Une triple salve d'applaudissements, accompagnés d'un bruyant « rappel », annoncèrent aux ouvreuses et à Georges Pradel que le rideau venait de tomber.

Les portes des baignoires s'ouvrirent toutes à la fois, et les deux femmes du n° 16, désirant n'être point englobées dans la foule, sortirent en toute hâte et gagnèrent le vestibule.

Une voilette épaisse cachait le charmant visage de madame Metzer, mais à travers la dentelle noire elle avait vu le lieutenant. — La certitude qu'il allait la suivre la rendait émue et tremblante.

La jolie blonde et sa compagne descendirent les marches, traversèrent le trottoir et montèrent dans le véhicule qui les attendait.

Ce véhicule n'était point une voiture de maître, ni

même de grande remise, mais un simple coupé de régie qui, les ayant amenées, avait reçu l'ordre de venir les reprendre à la fin du spectacle.

Georges sauta dans la victoria attelée du bidet breton et désigna le coupé de louage.

— Ah ! — murmura le cocher avec dédain, — c'est ça la guimbarde et « le canasson » qu'il faut emboîter !! — Mazette ! Ça sera facile de ne point les perdre de vue... — *Bibi* les distancerait au pas, pauvre bête !... — *Bibi*, c'est mon cheval...

Le coupé se mit en marche, cahin-caha, suivi de près par la victoria.

Immédiatement derrière celle-ci, une troisième voiture s'ébranla.

Un homme à moustaches noires, en chapeau gris, fumant un gros cigare, se prélassait sur les coussins avec le sans-gêne d'un citoyen des États-Unis. — La galerie du siége du cocher servait de point d'appui à ses talons de botte...

Ce chapeau, ces moustaches, cette attitude, cette désinvolture, désignent surabondamment Raquin à nos lecteurs.

C'était lui en effet, fidèle à la consigne et suivant Georges Pradel, comme Georges Pradel suivait madame Metzer.

Il murmurait chemin faisant :

— Passecoul est un roublard du premier numéro,

je n'en disconviens point, mais il faut convenir aussi qu'il a plus souvent qu'à son tour des idées qui sont des lubies... — Chambrer le lieutenant pendant quarante-huit heures, et le chambrer si bien que, ne sachant point où il est, il ne puisse pas dire : « J'étais là, » et surtout le prouver !! — c'est très-joli pardieu ! très-joli ! très-joli !... — Mais si c'est praticable, que le diable m'emporte !... — Dans tous les cas, je ne m'en charge point !... — Ça sera déjà fort de l'empêcher de quitter Paris, pour peu que demain matin la fantaisie de filer lui prenne... — Ah ! si le nommé Daniel Metzer pouvait revenir cette nuit !! — C'est ça qui serait une chance et qui mettrait des atouts dans mon jeu... mais par malheur il ne reviendra pas !!... — On est bien dans ce berlingot... — Quand Passecoul aura fait ma fortune, je louerai un fiacre à l'année...

Tandis que l'honnête Raquin monologuait ainsi, les trois voitures roulaient en conservant religieusement leurs distances.

Occupons-nous de celle qui marchait en tête, emmenant Léonide et sa compagne et fixant l'itinéraire des deux autres.

Le vieux coupé parcourut jusqu'à la Madeleine les boulevards éclairés, bruyants, sillonnés comme à deux heures de l'après-midi par les équipages, les fiacres et les omnibus.

Il prit la rue Royale, traversa la place de la Concorde, côtoya les bâtiments grandioses du palais de l'Industrie, enfila le Cours-la-Reine et gravit au pas l'avenue qui monte au Trocadéro.

Ayant atteint l'esplanade, le cocher fit halte pendant quelques secondes, non pour jeter un coup d'œil sur le panorama fantastique de la grande ville éclairée par des becs de gaz aussi nombreux que les étoiles du ciel, mais tout simplement pour laisser souffler son cheval.

Il repartit bientôt, longea presque jusqu'au bout l'avenue magnifique qui conduit au boulevard Flandrin, s'engagea à gauche dans la longue rue de la Pompe, puis, après avoir passé devant le chalet que Janin a rendu célèbre et auquel fait face, à l'angle de la rue Sainte-Claire, l'hôtel et le vaste jardin du plus aimable des éditeurs, déboucha dans la grande rue de Passy et s'arrêta à la porte d'une belle maison toute voisine de l'entrée de la Muette.

La station du chemin de fer de ceinture se trouve à cinquante pas, de l'autre côté de la rue.

De bons bourgeois arrivant de Paris avec leur famille sortaient de l'embarcadère. — D'autres en prenaient le chemin. — Plusieurs hommes fumaient en buvant des bocks devant un café encore ouvert.

— Si c'est là qu'elle demeure, — se dit Georges
en regardant la maison, — comment lui parler au
milieu de tout ce monde?... Ce serait impossible!!

VI

L'inquiétude du lieutenant fut de courte durée.

La vieille dame descendit seule, causa pendant quelques secondes près du marchepied avec madame Metzer qui ne quittait point la voiture; puis, ayant serré une dernière fois la main de sa compagne, elle sonna à la porte et rentra dans la maison qu'elle habitait.

— Boulevard Beauséjour... — fit la jeune femme assez haut pour que sa voix douce arrivât jusqu'au lieutenant.

— Le numéro, s'il vous plaît?... — demanda le cocher.

Madame Metzer donna le renseignement nécessaire et le coupé se remit en marche.

Raquin connaissait l'adresse de longue date ; il savait en outre à merveille que Georges Pradel irait jusqu'au bout, attiré par le plus fort de tous les aimants.

En conséquence il ne fit point arrêter sa voiture, qui se perdit dans les ténèbres et le conduisit droit au lieu où sa surveillance avait des chances à peu près certaines de s'exercer d'une façon utile.

Le lieutenant se leva dans la victoria pour mettre sa bouche au niveau de l'oreille du cocher et lui dit tout bas :

— Vous avez entendu le numéro ?...

— Oui, bourgeois... Je ne suis pas sourd.

— Est-ce loin d'ici ?...

— Il n'y a peut-être pas deux kilomètres, mais pour sûr il y en a un et demi, au moins...

— Eh bien ! lancez votre cheval à toute vitesse, dépassez la voiture que nous avons suivie jusqu'ici et arrêtez-moi, non devant la maison qui porte le numéro désigné, mais devant la maison voisine... — Je tiens à arriver le premier... — Une fois là, vous aurez gagné la seconde pièce de cinq francs et je n'aurai plus besoin de vous...

— Suffit ! — Vous allez voir comment *Bibi* se patine quand on lui rend la main !... Hue ! mon fils !!

Le bidet breton, émoustillé par cette interpellation amicale accompagnée d'un joli coup de fouet sur l'échine, partit rapidement, et en quelques secondes laissa bien loin derrière lui la piteuse haridelle du vieux coupé.

Le boulevard Beauséjour est une interminable voie, bordée de grands et de petits hôtels et longeant le chemin de fer de ceinture.

En été ou en automne, et en plein jour, rien n'est plus charmant, plus frais, plus gracieux que cette succession de façades coquettes, de corbeilles de fleurs, de pelouses d'un vert d'émeraude, et de grands arbres au feuillage luxuriant.

De jolies femmes, de beaux enfants, de petites voitures de bébés, des ânes et des chiens havanais animent le tableau.

La nuit venue, ce lointain boulevard, si joyeux aux rayons du soleil, offre l'aspect d'une solitude presque effrayante tant elle est absolue.

Quand les sifflements de la locomotive du dernier train se sont perdus dans l'éloignement, il est bien rare que le silence soit troublé par un autre bruit que par les aboiements d'un bull prisonnier dans quelque écurie.

Le cocher qui conduisait Georges arrêta son cheval à l'extrémité du boulevard, et dit :

— Bourgeois, nous y sommes... — La maison après celle-ci porte le numéro en question...

Le lieutenant descendit.

— Je tiens ma promesse, — fit-il. — Voici cent sous.

— Bien obligé, bourgeois... Et si par hasard vous aviez fantaisie que je vous attende, il ne faudrait aucunement vous gêner... — Ah ! dame, le quartier est désert... — On ne sait pas ce qui peut arriver... un mauvais coup est bientôt fait...

— Merci, mon brave, — répliqua Georges, — je n'ai rien à craindre...

— Suffit ! c'est compris ! — Vous comptez rester au gîte jusqu'à demain matin !... Bonne chance et bien du plaisir... — Bibi et moi nous allons nous cavaler...

La voiture tourna court et s'éloigna grand train.

On ne voyait pas encore apparaître dans les ténèbres les lanternes du coupé qui ramenait madame Metzer à son logis.

Les becs de gaz se trouvant à de grandes distances les uns des autres, et d'ailleurs un sur deux seulement étant allumé par mesure d'économie municipale, la nuit semblait d'autant plus sombre que la lune brillait par son absence et que de gros nuages orageux s'interposaient entre la terre et « cette pâle clarté qui tombe des étoiles, » comme dit un poëte.

En prose toute simple, il faisait noir autant que dans un four.

Georges Pradel, dont les yeux s'habituaient à

3.

l'obscurité, chercha néanmoins à se rendre compte de l'habitation de madame Metzer, mais il n'y parvint que d'une façon très-incomplète, et voici pourquoi.

Au numéro désigné, une grille recouverte d'un lierre épais formait bordure au boulevard sur une longueur de dix à douze mètres.

La porte pratiquée dans cette bordure, ou plutôt la partie mobile de la grille, était protégée par des persiennes intérieures ayant pour mission de déjouer les regards indiscrets.

Le lieutenant écarta le lierre avec ses deux mains et appliqua son œil à l'étroite ouverture.

Il entrevit ou plutôt il devina une pièce de gazon ovale ayant pour ceinture une allée blanche, des touffes d'arbustes, quelques grands arbres, et au fond de ce jardin un pavillon moitié pierre et moitié brique, haut de deux étages et précédé d'une vérandah formant serre.

Au rez-de-chaussée et à une croisée du premier étage, deux petites lumières semblables à de pâles lucioles brillaient à travers les treillages de la vérandah et derrière les jalousies abaissées de la fenêtre.

Georges Pradel sentit son cœur sauter dans sa poitrine comme un oiseau captif.

— C'est donc là, — murmura-t-il, — que ma bien-

aimée Léonide passe tristement des jours trop longs...
C'est là qu'elle supporte en silence les jalousies et les
colères de son odieux mari...— C'est là qu'en pensant
à moi, peut-être, elle a soupiré plus d'une fois...

Un bruit de roues se faisait entendre. — On commençait à distinguer le feu des lanternes.

— Il ne faut pas qu'elle puisse m'apercevoir tout
d'abord, — poursuivit le jeune homme. — Quand elle
sera seule, je me montrerai...

Et il se jeta derrière le tronc de l'un des arbres qui
garnissaient le boulevard Beauséjour.

Ce tronc servait déjà de lieu d'asile, ou plutôt d'ob-
servatoire à quelqu'un. — Ce quelqu'un recula vivement et sans bruit, pour céder la place à l'officier
qui ne soupçonna point la présence d'un espion.

— Tonnerre ! — se dit Raquin (on a deviné que
c'était lui). — Un pas de plus et cet enragé lieutenant me marchait sur les pieds !! — Il aurait voulu
savoir ce que je faisais là, et le diable m'emporte si
j'aurais su répondre !... Heureusement, on n'y voit
goutte...

La voiture se rapprochait en sonnant la ferraille.
Elle s'arrêta.

Madame Metzer mit pied à terre, paya la somme
convenue, et le cocher, tournant bride aussitôt, regagna Passy et la rue Jean-Bologne où il avait sa
remise.

La jeune femme restée seule sur l'asphalte du trottoir, — ou du moins se croyant seule, — jeta autour
d'elle un regard effaré, anxieux, qui s'efforçait de
sonder les ténèbres...

Insoluble problème du cœur féminin!! — Madame
Metzer, nous l'affirmons, frissonnait à la pensée de
voir Georges Pradel paraître devant elle tout à coup,
et en même temps elle avait peur qu'il ne l'eût point
suivie jusque-là...

D'une main agitée elle chercha le bouton de cuivre
perdu dans le feuillage des lierres. — A deux reprises elle tira violemment ce bouton et un timbre
résonna deux fois.

Le lieutenant comprit qu'il n'avait déjà que trop
attendu et qu'une hésitation plus longue compro-
mettrait la situation, irréparablement peut-être.

Il s'élança.

Léonide Metzer poussa, ou pour mieux dire étouffa
un faible cri.

— Ah! madame, n'ayez pas peur!... — murmura
Georges. — Vous savez bien que c'est moi!... Vous
étiez sûre que je viendrais puisque vous m'aviez
reconnu...

— J'espérais que vous m'aviez oubliée... — balbutia la jeune femme.

— Vous l'espériez! — répéta Georges. — Vous le
désiriez donc, madame?...

— Ah ! monsieur, vous êtes cruel !... — Non, je
ne le désirais pas, et je ne le croyais pas non plus,
mais je me disais que peut-être il vaudrait mieux
qu'il en fût ainsi... — Un calme relatif est, hélas!
l'unique bonheur qu'il me soit désormais permis de
goûter... — J'ai tant souffert jadis, que tout ce qui
peut me causer de nouvelles souffrances me cause
une insurmontable épouvante!!...Est-ce ma faute?...

·— Ainsi, ma présence vous effraye ?... — demanda
le jeune homme avec amertume.

— Oui, car elle menace ce calme où je me réfu-
giais, cet engourdissement qui me servait d'asile...
— Vous m'avez retrouvée, et voici que déjà se
rouvrent les blessures mal cicatrisées de mon cœur...
Mes yeux vont rapprendre les larmes...

Georges allait répliquer.

Il n'en eut pas le temps.

Un bruit de persiennes agitées se fit entendre au
fond du jardin et une voix évidemment féminine,
que le sommeil brusquement interrompu rendait
hésitante, demanda :

— Qui c'est-il qui vient de sonner?... C'est-il vous
qui rentrez, madame?... Si c'est vous, dites-le, car
sans ça je n'ouvrirai pas...

VII

— C'est moi, Sophie... — répondit madame Metzer. — Ouvrez...

— Je m'en y'vas toujours courant...

Et un pas lourd foula le sable de l'allée.

— Vous entendez qu'on vient... — reprit tout bas
la jeune femme en s'adressant à l'officier. — Cette
fille ne doit pas vous voir... Laissez-moi... Disons-
nous adieu... et, par pitié, ne revenez jamais...

— Et je ne vous aurais retrouvée que pour vous
perdre !! — fit Georges impétueusement. — Allons
donc !! — Vous me mépriseriez si j'obéissais... —
Il faut que je vous parle... — Il faut que vous m'ac-
cordiez un entretien, ne fût-il que de cinq minutes... Vous êtes sûre de moi... Vous ne doutez pas

plus de mon respect que de mon amour... Vous n'avez rien à redouter d'une entrevue nocturne...—Écoutez-moi donc cette nuit même...

— C'est impossible... — balbutia madame Metzer.
— Impossible... impossible... .

— Pourquoi?...

— Mon mari...

— Je sais qu'il est absent...

— La servante qui s'approche...

— Elle est aux trois quarts endormie... — Rentrez seule avec elle... Laissez-la regagner sa chambre et tout à l'heure, quand le danger de vous compromettre n'existera plus, revenez m'ouvrir... — J'attendrai...

Madame Metzer joignit les mains.

— Au nom du ciel, — fit-elle d'une voix faible comme un souffle, — ne me demandez point cela...

Le pas lourd de Sophie se rapprochait.

On entendait le bruissement métallique des clefs suspendues à l'anneau brisé qu'elle tenait.

— Plus qu'un peu de patience, madame... — dit-elle, — le temps de choisir la bonne clef et de trouver le trou de la serrure... C'est l'affaire de rien... seulement faut manigancer la chose à tâtons... et ça allonge...

Léonide saisit les mains de Georges et les pressant fiévreusement, murmura :

— C'est adieu, n'est-ce pas? Vous allez partir...
Promettez-moi que vous allez partir...

— Vous reviendrez m'ouvrir, madame... — répéta
l'officier. — J'attendrai... j'attendrai jusqu'à ce que
vous soyez venue...

En ce moment la grille s'ouvrit.

La jeune femme poussa un long soupir qui ressemblait à un gémissement et, brisée, se soutenant à peine,
entra dans le jardin sans répondre.

— Elle reviendra...— pensa Georges en allant s'adosser de nouveau à ce tronc d'arbre derrière lequel
nous avons vu Raquin se cacher. — Il est impossible
qu'elle ne revienne pas...

L'associé de Passecoul n'avait pu entendre aucune
des paroles qui s'échangeaient entre le lieutenant et
madame Metzer.

Le bruit faible de leurs voix étouffées à dessein
n'était arrivé jusqu'à lui que comme un murmure
indistinct et, n'étant point au courant de la situation,
il s'inquiétait fort.

— Pourquoi Georges Pradel n'est-il pas entré dans
le logis de son amante, puisque le mari est au diable?
— se demandait-il. — Ça m'aurait au moins donné
quelques heures de bon temps!... — C'est donc un
amoureux transi, ce joli militaire!... Eh bien,
parole d'honneur, je n'aurais jamais cru pareille
chose!! — Je me demande s'il va passer la nuit à

monter une garde hors de tour en face du logis de la petite dame ?... — Ça sera gai !! — Enfin, patience... Nous verrons bien...

Cinq minutes s'écoulèrent, puis dix, puis un quart d'heure.

On entendit sonner la demie après minuit à une horloge invisible, du côté d'Auteuil.

L'officier ne faisait aucun mouvement et sa silhouette se confondait avec le tronc noir de l'arbre qui lui servait de point d'appui.

Mais si son corps était immobile une fièvre ardente brûlait ses veines, un orage grondait sous son crâne.

A mesure que passaient les minutes, la colère se mêlait à l'amour exalté dont son cœur était plein.

— Léonide, — se disait-il, — est seule en sa maison... — L'absence de son mari la rend maîtresse absolue de tous ses actes... — Elle n'a rien à craindre de moi... Elle le sait... elle en est sûre... — Et pourtant elle ne revient pas, et cette porte reste fermée !!

— C'est plus qu'une cruauté, cela, c'est une injure !... Léonide oublie tout !... Elle déchire les pages du livre de sa vie où mon nom se trouvait écrit... — Elle renie le passé... Elle trahit ses serments... Elle n'a pas de cœur et point d'âme !... Elle ne m'aime plus, ou plutôt elle ne m'a jamais aimé !! — C'est une coquette comme tant d'autres, indigne d'inspirer

une tendresse immense, infinie, exclusive, et incapable de la ressentir... — En ce moment, dans sa
chambre close, elle me raille sans doute et rit de ma
faiblesse... — Eh bien, ce rôle de dupe je ne l'accepte pas... — Si dans cinq minutes Léonide n'a
point reparu, je franchirai la grille, au risque de
laisser ma chair aux pointes cachées sous les feuilles,
je briserai comme un voleur les vitres d'une fenêtre
pour arriver à elle, et j'arriverai, et ce que je veux
qu'elle sache il faudra bien qu'elle l'écoute... il
faudra bien qu'elle l'entende...

Assurément — (nous ne nous faisons à cet égard
aucune illusion) — ce monologue ressemblait aux
paroles insensées que les fiévreux balbutient dans
leur délire, mais l'amour atteignant son paroxysme
n'est autre chose qu'une fièvre de l'âme, et comme
la fièvre du corps il amène le délire à sa suite.

Quoi qu'il en soit la résolution de Georges était
prise, et rien ne pouvait l'empêcher d'exécuter cette
résolution folle et coupable.

Une minute encore et le délai qu'il se fixait à lui-
même expirerait.

Déjà il se rapprochait de la grille, prêt à saisir les
barreaux et à s'élancer.

Mais soudain il s'arrêta et son cœur cessa de
battre.

Ce froufrou léger, ce bruit charmant d'une jupe

de soie traînant sur le sable, arrivait à son oreille.

— Ah ! — murmura-t-il, — je désespérais trop vite, et follement j'allais tout compromettre !! — La voici !... O ! Léonide... Léonide adorée, pardonnez-moi !! J'étais injuste, j'étais absurde !... J'osais vous accuser et vous êtes un ange !!...

Une main tremblante fit tourner lentement la clef dans la serrure. — La grille s'entr'ouvrit.

— Venez... — dit tout bas une voix méconnaissable à force d'être émue. — Venez vite... — Vous me perdez peut-être, mais vous l'avez voulu...

Georges, ivre de joie comme un instant auparavant il était ivre de colère, se glissa dans le jardin...

La grille se referma derrière lui.

— Oh ! madame, que vous êtes bonne... — balbutia-t-il en cherchant à saisir pour la porter à ses lèvres une petite main qui se retira vivement. — De quelle façon vous remercier ? Comment vous dire mon bonheur et vous témoigner ma reconnaissance ?

— En abrégeant l'entrevue que vous m'imposez ! — répondit la jeune femme... — Elle m'épouvante, cette entrevue !... J'ai le pressentiment qu'il en doit résulter pour moi, pour vous aussi peut-être, quelque irréparable malheur... Mais je savais que vous attendiez et, croyant vous bien connaître, je redoutais de votre part un acte de folie... — Avais-je tort?...

Georges baissa la tête et ne répondit point.

— Il est donc vrai que j'avais raison, — poursuivit madame Metzer. — Votre silence en est la preuve... Vous avez à me parler, dites-vous... Vous exigez de moi un entretien de quelques minutes... — Eh bien ! contrainte et forcée, je vous l'accorde... mais il ne peut avoir lieu dans ce jardin... — Si profonde que soit la nuit, si complète que paraisse la solitude, j'ai peur... — Sait-on ce que cache l'obscurité? — Sait-on où va la voix qui s'égare?... — Il me semble sentir autour de nous des espions guettant chaque mot échappé de nos lèvres... — Étouffez le bruit de vos pas... Imposez silence aux battements de votre cœur... et suivez-moi...

Ayant ainsi parlé si bas que Georges devina les paroles plutôt qu'il ne les entendit, la jeune femme, pareille à une ombre légère glissant sur le sol et l'effleurant à peine, se dirigea vers le pavillon.

En même temps qu'elle l'officier en atteignit le seuil.

Devant eux une porte s'ouvrait dans les ténèbres.

Aucune lueur, aucun reflet, n'éclairaient l'intérieur du logis.

— Je vais vous guider... — dit Léonide.

Et Georges Pradel sentit une main glacée comme celle d'une morte saisir sa main brûlante.

Conduit, ou plutôt entraîné par la jeune femme qui

sans hésitation marchait d'un pas rapide au milieu
de l'obscurité, le lieutenant traversa une première
pièce dont les parfums pénétrants des fleurs rendaient l'atmosphère lourde et presque irrespirable.

C'était la vérandah vitrée servant de serre et de
vestibule.

Il gravit quinze ou vingt marches recouvertes d'un
épais tapis.

Il longea pendant quelques secondes un couloir
aussi sombre que tout le reste du logis.

Puis madame Metzer ouvrit une porte latérale,
et la clarté faible d'une veilleuse enfermée sous un
globe d'albâtre à demi transparent permit d'entrevoir une chambre à coucher petite, mais d'une élégance recherchée.

— Et maintenant, — dit Léonide sans refermer la
porte, — maintenant, monsieur, je vous écoute...
qu'avez-vous à me dire?... Parlez, mais hâtez-vous...

— Vous voyez que je tremble... Abrégez mon supplice!! Je vous le répète, monsieur, au nom du ciel
ayez pitié de moi...

VIII

Il était impossible de rêver une figure plus merveilleusement belle et touchante que celle de madame Metzer en ce moment.

La jeune femme venait de jeter sur un siége le
chapeau si léger cependant qui paraissait trop lourd
à sa tête enfiévrée.

Ses grands cheveux blonds, dont une secousse involontaire avait défait la torsade épaisse, ruisselaient
comme une pluie d'or sur sa poitrine et sur ses
épaules.

Les lueurs indécises de la veilleuse donnaient la
pâleur du marbre à ses traits qu'on eût dit sculptés
en plein bloc de Carrare. — Une étincelle tremblante,
à demi voilée par ses longs cils, brillait dans ses
prunelles humides.

De la main droite elle s'appuyait au dossier d'une chauffeuse comme si, pour soutenir son corps frêle et charmant, ce point d'appui était nécessaire.

Et néanmoins elle regardait Georges Pradel en face, et son regard semblait à la fois implorer et défier.

On la sentait brisée, mais on la devinait résolue.

Le lieutenant, au lieu de parler, la dévorait des yeux avec une adoration muette et profonde qui ressemblait à de l'extase.

Le petit pied de Léonide, agité par une impatience nerveuse, frappa le tapis. — Sa main se crispa sur l'étoffe de la chauffeuse.

Évidemment madame Metzer souffrait beaucoup.

— Ah! — balbutia-t-elle, — c'est mal, ce que vous faites là!... — Chaque minute qui s'écoule augmente mes angoisses...—Votre présence dans cette maison, dans cette chambre, m'épouvante, me rend folle... et vous vous taisez!... — Puisque rien n'a pu me soustraire à l'entretien imposé par vous, parlez donc, au moins!! parlez vite!!! Dites-moi ce que vous voulez que je sache et retirez-vous...

— Ce que j'ai à vous dire, — murmura le lieutenant d'une voix basse, mais vibrante de passion contenue, — vous le savez déjà, madame. — Je vous aime...

— Et je sais aussi, — répliqua Léonide, — je sais

que je n'ai pas le droit d'entendre un tel aveu... je suis mariée...

— A un homme indigne de vous !!

— Qu'importe?... Il est mon mari...

— Mais vous ne l'aimez pas cet homme !! Il ne mérite que votre haine et que votre mépris !!

— Je ne suis point son juge... Je suis sa femme...

— Il a brisé lui-même, par sa conduite odieuse, les liens qui vous attachaient à lui...

— Il est un lien qu'on ne brise jamais, et ce lien-là se nomme le devoir.

— Il en est un autre aussi fort, qui s'appelle l'amour, et celui-là nous unit !! Vous m'aimez...

Madame Metzer fit un geste de dénégation violente.

Elle allait parler.

Georges ne lui en laissa pas le temps.

— Ah ! — fit-il, — à quoi bon nier? — Espérez-vous que je vais vous croire?—Oui, vous m'aimez !... Vous me l'avez dit...

Léonide cacha son visage dans ses deux mains.

— Quand j'ai dit cela, — balbutia-t-elle, — la souffrance m'avait rendue faible... Le malheur m'avait rendue folle... — Dix mois ont passé depuis lors... — J'ai réfléchi... J'ai regretté... Aujourd'hui la raison m'est revenue... Je suis forte...

— Ce qui veut dire que vous ne m'aimez plus !! — s'écria le lieutenant avec désespoir...

La jeune femme frissonna de tout son corps. — A coup sûr, pour répondre à ce cri de Georges, il lui fallait faire un immense effort.

Enfin, lentement et une à une, ces paroles tombèrent de ses lèvres :

— J'étais coupable en vous aimant et je ne veux plus vous aimer...

Elle ne voulait plus aimer... — Donc elle aimait encore...

Jamais aveu ne fut plus formel et plus clair, mais les amoureux bien épris sont passés maîtres en l'art de se forger des chimères décourageantes et de prendre tout au tragique.

Le lieutenant crut comprendre que Léonide foulait aux pieds un passé de tendresse, et qu'elle voulait en effacer jusqu'au souvenir.

— Eh bien, soit! — dit-il avec une apparence de résolution froide que démentait l'agitation de sa voix. — Je ne lutterai plus... — J'accepte votre arrêt... — Aux mauvais jours, j'étais votre ami... Les mauvais jours se sont envolés et votre affection les a suivis. — Je vais vous délivrer de ma vue, mais comme je ne suis pas de ceux qui savent reprendre leur tendresse, et comme je ne peux vivre sans vous, je demanderai à la mort l'oubli que vous avez trouvé dans le bonheur!...

— Le bonheur!... — répéta madame Metzer avec

un étonnement douloureux. — Vous parlez de bonheur !

— N'êtes-vous point heureuse ?

— Heureuse ? Moi !...

Et la jeune femme appuya ses deux mains sur sa
poitrine, comme pour comprimer un sanglot qui
montait de son cœur à sa gorge et qui l'étouffait.

Il éclata, malgré ses efforts, ce sanglot déchirant.
— En même temps ses larmes, longtemps compri-
mées, rompirent leurs digues et ruisselèrent sur son
doux visage.

— Léonide... mon adorée Léonide !... — balbutia
Georges, en qui se fit à la vue de ces pleurs un re-
virement soudain, — vous êtes malheureuse !!

— Oui... oh ! oui... bien malheureuse !...

— Comme autrefois ?...

— Oui... comme autrefois...

— Toujours par lui ?...

— Toujours...

— Et malgré cela vous me repoussez !... Vous m'é-
loignez de vous !!..

— Hélas ! que pouvez-vous pour moi ?

— Vous défendre... Vous protéger...

— Est-ce qu'on protége une femme contre son
mari ?

— Je peux vous sauver de cet homme...

— Et comment ?

— En vous arrachant à lui..., en vous cachant dans un asile où je le défierai de vous suivre!! — Abandonnez-vous à moi qui vous aime!! Oubliez le reste du monde pour ne compter que sur mon amour!! Fuyons ensemble...

Un sourire d'une expression navrante vint aux lèvres de la jeune femme. — Elle secoua doucement la tête.

— Vous refusez le salut? — demanda Georges atterré.

— On ne saurait trouver le salut dans une action mauvaise... — balbutia Léonide, — et mon départ avec vous serait un crime...

— L'innocent injustement condamné qui brise ses fers et qui s'évade est-il donc criminel par le fait de sa fuite?...

— L'innocent de qui vous parlez n'a pas juré devant Dieu de porter sa chaîne et de rester dans sa prison!... — Quittez-moi!... plaignez-moi!!... Quoi qu'il doive arriver, je ne vous suivrai pas... — Toute souillure me fait horreur!.. — Entre la souffrance et la honte, sans hésiter je choisis la souffrance...

— Si vous m'aimiez... — commença Georges.

Il ne continua pas.

Madame Metzer, d'un geste rapide et impérieux, lui imposait silence.

Un changement inouï venait, en moins d'une seconde, de se produire dans les traits et dans l'attitude de la jeune femme.

Son visage livide, aux yeux soudainement agrandis et aux prunelles fixes, ressemblait à une face de spectre. — Des frissons pareils à ceux de l'agonie couraient sur sa chair. — Ses dents claquaient. — Tout en elle exprimait la stupeur et l'épouvante atteignant leur paroxysme.

— Taisez-vous!... — dit-elle d'une voix sourde et sifflante, mais distincte quoique très-basse. — Écoutez!...

L'une de ses mains désignait la porte restée ouverte.

Le lieutenant prêta l'oreille.

Le bruit léger résultant du choc d'un corps contre l'un des meubles rustiques de la vérandah se fit entendre, et aussitôt après un pas furtif, rapide et hésitant à la fois, foula le tapis de l'escalier.

— On est entré dans la maison... — continua Léonide. — Ce n'est point ma servante... elle loge à l'étage supérieur... — On monte... on vient... je suis perdue...

— Ah! — murmura Georges, — si seulement j'avais une arme...

Madame Metzer, qui paraissait une minute auparavant ne plus pouvoir se soutenir, reprit comme par miracle toute son énergie.

Elle bondit vers l'un des angles de la chambre.

Une tenture de cretonne gris-perle, semée de grandes fleurs Pompadour aux nuances vives, couvrait les murailles.

Une portière pareille à cette tenture dissimulait l'entrée d'un cabinet de toilette et, grâce à l'habileté du tapissier, la solution de continuité de l'étoffe était, même en plein jour, à peu près invisible.

Madame Metzer souleva la portière et ouvrit la porte puis, revenant à Georges Pradel, elle le saisit par le bras, elle l'entraîna sans prononcer une parole, le poussa dans le cabinet, referma la porte sur lui, fit tourner deux fois la clef, la retira de la serrure et la glissa dans son corsage.

Ensuite, toujours livide, toujours tremblante, mais les yeux pleins de flammes, elle revint au milieu de sa chambre et elle attendit.

Les pas du visiteur nocturne se rapprochaient de plus en plus...

4.

IX

Rejoignons l'honnête Raquin que nous avons laissé montant consciencieusement la garde sur le trottoir de boulevard Beauséjour, en face de la grille du petit hôtel.

Si profonde que fût l'obscurité il vit cette grille s'ouvrir à demi et Georges Pradel entrer dans le jardin.

— A la bonne heure ! — murmura-t-il avec un sourire cynique... — Le lieutenant est moins naïf que je ne le supposais, et si la petite dame lui faisait faire le pied de grue c'était tout simplement pour ne pas donner l'éveil à la bonne... — Très-*roublarde*, la petite dame, avec son air de sainte-n'y-touche !! Le mari qui court les chemins peut retenir son gîte à l'*Auberge du Grand-Cerf!*... Il a tout ce qu'il faut pour cela !.,. — L'officier va passer deux ou trois heures agréables à roucouler des duos avec la jolie blonde, sans accompagnement de piano!... Donc j'ai le temps de griller une bonne *bouffarde* sans crainte d'être dérangé... — N'importe ! Si Georges Pradel voulait changer de place avec moi, je ne me ferais point prier !!

Raquin tira d'une de ses poches une blague à tabac, présent de l'amour, et une courte pipe de terre superlativement culottée.

Il bourra cette pipe, l'alluma, et se mit à se promener de long en large en fumant.

— Les jambes commencent à me rentrer dans le corps!... — grommelait-il entre ses dents, — et rien pour s'asseoir !! — Heureusement encore que les nuits sont chaudes...

Il allait et venait depuis dix minutes quand il s'arrêta tout à coup et prêta l'oreille.

Le bruit d'un pas pressé retentissait dans la direction de Passy, et devenait de seconde en seconde plus distinct.

— On vient par ici... — pensa Raquin. — Méfiance ! si c'était un sergent de ville ! Ces gens-là sont indiscrets... Il me questionnerait peut-être, et ce serait désobligeant.

Il éteignit sa pipe dont le fourneau faiblement lumineux pouvait le trahir, et il reprit position derrière son arbre.

Le nouveau venu avançait rapidement.

Bientôt Raquin put distinguer ou plutôt deviner un petit homme assez gros, en veston grisâtre, en casquette de voyage, et tenant de la main gauche une valise.

Ce petit homme s'arrêta devant la grille, posa sa valise sur le sol et se mit en devoir d'introduire à tâtons une clef dans la serrure.

— Ai-je la berlue? — se demanda le guetteur. — Que Dieu me damne si ce n'est pas le mari lui-même!! — Décidément, le diable est pour nous!!

Il abandonna le tronc de son arbre au moment précis où la clef faisait jouer le pêne, et il dit très-vite et très-bas :

— Eh ! monsieur, deux mots, s'il vous plaît...

L'homme à la valise tressaillit, se retourna brusquement, et l'on entendit le craquement sec produit par un revolver dont on arme la batterie.

— Un pas de plus et je vous brûle ! — fit-il d'un ton mal assuré qui voulait être menaçant, et avec un accent tudesque incontestable.

Un poltron qui croit au péril est dangereux, Raquin le savait.

— Saperlipopette ! gardez-vous bien de tirer ! ! — balbutia-t-il en reculant. — Je ne suis point un voleur, monsieur Metzer, et je n'ai que de bonnes intentions...

— Vous me connaissez ? — demanda l'arrivant moins inquiet.

— Parbleu ! ! et vous me connaissez aussi... Le malheur, c'est qu'on n'y voit goutte...

— Qui êtes-vous ?

— Je suis Raquin... — Voulez-vous que j'allume une allumette et que je vous montre ma figure...

— Inutile... Maintenant je vous reconnais à la voix...

— C'est heureux !... Alors rien ne vous empêche de remettre votre outil dans votre poche...

— Tout à l'heure, il sera temps... — Que faites-vous ici ?

— Voilà qui va vous sembler drôle... Je vous guette...

— Allons donc ! c'est impossible !

— C'est cependant l'exacte vérité. — Je suis venu tantôt pour vous voir... — Votre bonne m'a répondu que vous étiez absent, mais que vous reviendriez peut-être ce soir... — Aussi depuis une heure je fais faction devant votre porte. — Du reste j'allais décamper, ne comptant plus sur votre retour...

— Qu'est-ce donc que vous me voulez ?

— Conclure avec vous un marché.

— Nous n'en avons aucun à traiter ensemble.

— C'est ce qui vous trompe, monsieur Metzer...

— Alors je vous écouterai demain.

— Demain il serait trop tard! Tout de suite ou jamais... et, si vous me laisser partir, vous le regretterez bigrement...

— Parlez donc et parlez vite! — Je ne puis davantage me morfondre ainsi devant ma porte... Vous comprenez ça!...

— Monsieur Metzer, vous avez de la haine pour quelqu'un...

— J'ai de la haine pour plusieurs personnes.

— D'accord, mais il en est une que vous exécrez plus que les autres... — Voulez-vous que je vous dise son nom?

— Dites.

— C'est Georges Pradel. — Est-ce vrai?

— Oui, c'est vrai.

— Georges Pradel a quitté l'Afrique...

— Vous en êtes sûr? — demanda M. Metzer avec une émotion manifeste.

— Autant que je le suis de m'appeler Raquin.

— Vous savez où il est?

— Sans cela, serais-je ici?

— Vous allez me l'apprendre?...

— Et voilà justement le marché que je veux conclure... — Je vous dirai ce que vous tenez à savoir si vous me donnez cent francs...

— Cinq louis!... Dieu d'Israël... — C'est trop! c'est beaucoup trop!

— De quoi? des lésineries! Bonsoir!...

— J'offre deux louis et demi.

— J'ai dit cent francs, je maintiens mon chiffre. C'est à prendre ou à laisser. — Décidez-vous, sinon je file, et qui sera bien attrapé? — Vous n'oserez plus sortir de chez vous avec votre femme dans la crainte de vous heurter au joli lieutenant.

— Allons, je cède à vos exigences, mais éloignez-vous de quelques pas pendant que je préparerai la somme...

— Touchante confiance!... — murmura le bandit en riant; et il recula comme le désirait M. Metzer.

Ce dernier qui, tout en fouillant son porte-monnaie, avait un œil fixé sur Raquin et gardait son revolver sous son bras, tendit cinq pièces d'or au digne collègue du blond Passecoul, en lui disant :

— Vous voilà payé... — Parlez vite.

— Illico! et soyez paisible, je vous en donnerai pour votre argent... Georges Pradel, arrivé depuis quelques heures à Paris, loge au Grand-Hôtel! — Attendez... ceci n'est rien... — Madame Metzer, sans doute pour se consoler de votre absence, est allée ce soir au spectacle.

— Seule?

— Non, avec une vieille dame de Passy qui demeure presqu'en face la gare...

— Je la connais... continuez...

— Figurez-vous que, par le plus grand hasard du monde, je me trouvais au même théâtre... et, voyez comme on se rencontre, Georges Pradel y était aussi...

M. Metzer frappa du pied.

— Un rendez-vous!! — murmura-t-il avec rage. — C'était un rendez-vous!!...

— Je ne sais pas... — fit Raquin d'un air innocent.

— Et, — poursuivit le mari, — le lieutenant s'est-il permis d'adresser la parole à ma femme?

— Au spectacle, non... — Mais vous pensez bien qu'il n'a point manqué de la suivre.

— Jusqu'ici?

— Naturellement... — Les deux voitures s'emboîtaient que c'était merveille... Je peux même dire les trois voitures, car je m'étais payé un berlingot de place, et je roulais derrière les autres...

— Georges Pradel et madame Metzer se sont parlé?...

— Ah! saperlipopette, ça n'aurait pas été la peine de venir du Gymnase au boulevard Beauséjour pour ne se rien dire en arrivant!! — Oui, ils se sont parlé, et ça vous intéressera peut-être de savoir que la conversation dure encor...

Le mari tressaillit.

— Je comprends mal... — fit-il. — Que signifie cela?...

— Cela signifie que le lieutenant est entré dans votre maison, en compagnie de votre femme, et qu'il n'est point ressorti... — Il me semble que c'est limpide!!

Daniel Metzer saisit le bras de Raquin et le secoua violemment.

— Misérable! — balbutia-t-il d'une voix étranglée par la colère, — si ce que tu dis là est vrai, pourquoi ne m'as-tu pas prévenu tout de suite?

— Je croyais que ces choses-là s'apprenaient toujours assez tôt! — D'ailleurs vous voilà renseigné, et je vous ai fait bonne mesure... — J'ai parlé pour plus de cent francs...

M. Metzer lâcha le bras du délateur, ouvrit la grille et s'élança dans le jardin.

L'ami de Passecoul se frotta joyeusement les mains.

— Positivement, — murmura-t-il, — voilà qui marche sur des roulettes!! — J'ai dans ma folle idée que le lieutenant Georges Pradel ne prendra pas demain matin le chemin de Rocheville!!...

X

Daniel Metzer, — avec qui nous ne tarderons pas à faire plus ample connaissance, — était un juif de trente-cinq ans environ, gros et court, né à Berlin de parents allemands, mais naturalisé Français depuis plusieurs années.

Sa figure large et anguleuse, aux pommettes saillantes, au front déprimé, au nez fortement aquilin et aux yeux d'un gris pâle, offrait le type israélite le plus complet.

Il avait des cheveux roux épais et frisés naturellement; — sa barbe courte et touffue, qu'il portait entière, était de la même nuance.

Son regard faux et fuyant, l'expression astucieuse de son visage, ne témoignaient point en faveur de

ses qualités morales. — Il suffisait de le voir pour se
défier de lui.

Après avoir quitté Raquin, il gagna rapidement
l'hôtel et s'engagea sous la vérandah dont il trouva la
porte ouverte au grand large.

— Ce misérable ne m'a point menti ! — pensa-
t-il. — A coup sûr, Georges Pradel est dans ma
maison !

En cherchant à s'orienter au milieu des ténèbres
il heurta et renversa l'un des fauteuils rustiques qui
transformaient le vestibule vitré et plein de fleurs en
une sorte de salon d'été.

Le bruit produit par la chute de ce meuble avait,
nous le savons, donné l'éveil à Léonide.

Daniel Metzer étouffa le blasphème qui montait à
ses lèvres, gravit les marches de l'escalier et suivit le
couloir aboutissant à la chambre de sa femme.

Chemin faisant il avait abandonné sa valise, mais
il tenait plus que jamais de la main droite son revolver armé et prêt à faire feu.

Au moment de franchir le seuil il s'arrêta, et
d'un coup d'œil rapide il explora l'intérieur de la
pièce.

Madame Metzer était seule et dans cette attitude
que nous avons décrite.

— Vous ! ! — s'écria-t-elle avec une épouvante mal
dissimulée. — C'est vous ! !

— Je m explique mal votre surprise, — répliqua
Daniel en accompagnant ses paroles d'un ricanement étrange. — Qui donc, si ce n'est moi, se permettrait à pareille heure d'entrer dans mon logis, et
qui donc connaîtrait le chemin de votre chambre?...

La jeune femme courba la tête sans répondre.

— Ne m'attendiez-vous pas?... — reprit le petit
homme.

— J'ignorais que vous dussiez arriver cette nuit...
— balbutia Léonide.

— Comment se fait-il alors que je vous trouve debout si tard?...

— Madame Verdier, que vous connaissez, avait une
loge pour le Gymnase... — Elle m'a proposé de m'y
conduire... J'ai accepté...

— Vous avez bien fait... — Êtes-vous depuis longtemps de retour?

— Depuis quelques minutes à peine...

— Votre servante vous attendait?...

— Sans doute...

— Et sans doute aussi c'est elle qui n'a point refermé derrière vous la porte du rez-de-chaussée?...

— La pauvre fille dormait plus qu'aux trois quarts.
— Je suis seule coupable de sa négligence...

— A la bonne heure!! — J'étais inquiet!! — En
trouvant cette porte ouverte, je me figurais qu'un
malfaiteur avait pénétré dans la maison!! — Je vois

que grâce au ciel je m'alarmais à tort, et cette arme devient inutile...

En disant ce qui précède, Daniel Metzer remit son revolver dans sa poche.

Léonide respira plus librement.

— Il accepte mes explications, — pensa-t-elle. — Il ne soupçonne point la présence de Georges... — Le malheur que je redoutais est conjuré...

Le petit homme s'avança dans la chambre.

— Pourquoi restez-vous à peu près sans lumière ? — demanda-t-il. — Cette veilleuse ne saurait compter, et ce crépuscule est fort triste...

— J'allais allumer les bougies...

— Je vous en éviterai la peine...

Daniel Metzer fit craquer une allumette et attacha la flamme aux cires des deux flambeaux placés sur la cheminée.

Une lueur vive remplaça brusquement l'obscurité presque complète.

Le regard du mari se fixa sur la porte du cabinet de toilette.

— Il ne peut être que là... — se dit-il. — La clef manque à la serrure... je ne me trompais pas... il est là !...

Léonide, voyant la direction des yeux de son mari, se reprit à trembler.

— Que cherchez-vous?... — murmura-t-elle d'une voix à peine distincte.

— Je ne cherche rien !... — répliqua-t-il. — Absolument rien !... — Que voulez-vous que je cherche?

— Il se fait tard... — Vous devez être très-fatiguée, et j'ai moi-même besoin de repos... — Il est grand temps de vous laisser seule... Je vous souhaite un calme sommeil et d'agréables rêves... — Bonne nuit, ma chère !...

— Merci, monsieur !...

Daniel prit un des flambeaux et se dirigea vers la porte du corridor.

Mais c'était là ce qu'en termes de théâtre on appelle une « fausse sortie. »

Au moment d'atteindre cette porte, il se retourna et revint sur ses pas.

Léonide, qui pendant une seconde avait regardé le salut comme assuré, frissonna de tout son corps.

— Permettez-moi, — reprit Metzer, — de solliciter de votre complaisance un très-petit service...

— Que faut-il faire?...

— M'éclairer simplement jusqu'à ma chambre... — J'ai laissé ma valise de voyageur dans le couloir ou sur une marche de l'escalier... — Je désire la reprendre... Or, mes deux mains étant occupées, je ne pourrais ouvrir ma porte. — Vous consentez, n'est-ce pas ? — J'en étais sûr d'avance... — Voilà le flambeau...

Cette fois Daniel Metzer sortit véritablement, et Léonide qui l'accompagnait respira de nouveau.

La valise fut découverte, gisant en haut de l'escalier, et relevée par son propriétaire.

La chambre du maître de la maison se trouvait en face de celle de sa femme, mais à l'autre extrémité du couloir. — Comme la première, elle n'avait qu'une issue et possédait un cabinet de toilette sans dégagement.

Le petit homme ouvrit la porte et s'effaça pour laisser Léonide passer la première.

— Où dois-je placer cette bougie ? — demanda-t-elle.

— Dans le cabinet de toilette, s'il vous plaît ?...

Madame Metzer entra dans l'étroite pièce, meublée d'un vieux divan et d'une longue table à dessus de marbre, amplement garnie de cuvettes, pots à eau, brosses, etc.

A peine eut-elle dépassé le seuil que son mari referma vivement et à double tour la porte sur elle.

Léonide, surprise, poussa un faible cri et laissa tomber le flambeau.

— Du calme et du silence, ma chère ! — lui dit Daniel à travers l'huis. — Savez-vous rien au monde de plus sot que le scandale ? — Évitons-le ! ! C'est

notre intérêt à tous les deux... — Je reviendrai dans
cinq minutes, et, s'il vous plaît de causer, nous causerons...

Et le petit homme s'éloigna.

Madame Metzer avait tout compris.

— Il sait que Georges est là ! — pensa-t-elle ; —
il va l'assassiner !... Une balle dans la tête ou dans le
cœur... et tout sera dit ! Ah ! c'est bien lâche et bien
hideux !

Et, ne pouvant supporter cette pensée, la malheureuse femme tomba sans connaissance sur le divan.

Daniel Metzer, au lieu d'aller directement à la
chambre de Léonide, s'arrêta au milieu du couloir et
réfléchit pendant quelques minutes.

Sa main droite plongée dans la poche de son veston caressait fiévreusement la crosse de son revolver, mais au bout d'un instant elle se sépara de cette
arme.

— Du tapage... du sang... une enquête ? — murmura le mari. — A quoi bon ? — Je suis le maître de
la situation, je le sais bien... — Je surprends un
amoureux, la nuit, chez moi ou plutôt chez ma
femme, j'ai le droit de tirer sur lui comme sur un
voleur nocturne ou sur un chien enragé, et tous les
jurys de la terre m'acquitteront, ça ne fait pas un
pli ! — Mais encore une fois, à quoi bon ? — Ce qui
m'importe, c'est que Georges Pradel disparaisse !...

Eh bien, il disparaîtra sans bruit... — Il s'est jeté niaisement dans la gueule du loup ! — Tant pis pour lui ! il n'en sortira plus !

Metzer, s'étant tenu ce langage, se frotta les mains, sourit en homme enchanté de lui-même, descendit au rez-de-chaussée, entra dans une pièce servant de resserre pour des instruments de jardinage et pour une foule d'objets disparates, ouvrit un placard, y prit deux planches, un marteau, une poignée de gros clous, et regagna le premier étage et la chambre de sa femme.

Sa physionomie était à la fois rayonnante et sinistre. — Des lueurs fauves et farouches s'allumaient dans ses prunelles bleuâtres, habituellement froides comme l'acier.

Il commença par allumer toutes les bougies des candélabres de Léonide, afin de se procurer une clarté suffisante pour l'œuvre qu'il allait consommer.

La porte dont madame Metzer avait retiré la clef s'ouvrait non dans l'intérieur du cabinet de toilette, mais dans la chambre même.

Daniel ajusta sur cette porte les planches apportées dans ce but et cloua solidement contre la muraille les extrémités de ces planches, de telle sorte que le prisonnier, s'il venait à bout de briser ou de démonter la serrure, n'en serait pas plus avancé et se heurterait contre une résistance insurmontable.

5.

Ceci terminé, il fit preuve d'une force musculaire prodigieuse en déplaçant l'armoire à glace, dont il se servit pour cacher tout à la fois la porte du cabinet et l'infernal travail qui venait de condamner cette porte.

Puis il reprit du pas le plus calme le chemin de sa propre chambre.

XI

Daniel Metzer, revenu à son point de départ, posa sa bougie sur un meuble, ouvrit la porte du cabinet dans lequel il avait enfermé sa femme, et dit à haute voix :

— Mon absence a duré je crois un peu plus de cinq minutes... Je vous prie d'agréer mes excuses..
— Vous pouvez sortir, chère amie, et, s'il vous plaît de causer, causons...

Aucune réponse ne lui fut faite.

— Que signifie cela ? — se demanda-t-il. — Voyons un peu...

Il reprit son flambeau, franchit le seuil, et le premier objet qui frappa ses regards fut Léonide étendue sans connaissance sur le parquet.

Les prunelles rondes du petit homme flamboyèrent
de nouveau, tandis qu'il murmurait entre ses dents
serrées :

— L'émotion a été rude, paraît-il !! — un évanouissement !! — Peste !! madame Metzer prend au
sérieux son rôle d'héroïne de théâtre !! — Elle ap-
prendra bientôt que, quand je m'en mêle, le dénoû-
ment de la pièce est tragique !!

Tout en monologuant ainsi, Daniel souleva le
corps inanimé et le plaça sur le divan, en ayant soin
d'amonceler les oreillers sous la tête pâle de la
malheureuse femme.

Il sortit ensuite du cabinet dont il referma la porte
à clef, et, montant à l'étage supérieur, il en descendit avec une malle vide assez grande, dans laquelle
il entassa, non sans ordre, du linge et des robes qu'il
allait chercher dans les armoires de madame Metzer.

Cette besogne, dont il s'acquittait avec une parfaite conscience mais aussi avec une extrême lenteur, faute d'habitude, lui demanda beaucoup de
temps.

Quand il eut fini, il prit une valise de cuir fauve et
recommença à empaqueter, mais cette fois des vêtements d'homme à son usage particulier.

Ce fut moins long. Cependant, lorsqu'après avoir
bouclé la dernière courroie, Daniel essuya les gouttes
de sueur qui coulaient sur son front, le jour com-

mençait à paraître et l'on entendait la servante aller et venir dans sa mansarde.

— Sophie ! — cria le petit homme, — Descendez !

— Tiens ! Monsieur est revenu cette nuit ! ! — dit la jeune fille en accourant... — Monsieur a-t-il fait bon voyage ?...

— Ce n'est pas de mon voyage qu'il s'agit... — Écoutez-moi...

— Oh ! certainement ; mais d'abord, pour ne point l'oublier, je dois dire à monsieur qu'un monsieur en chapeau gris, avec de grandes moustaches noires, bel homme quoique sa figure ne me revienne guère, est venu hier demander monsieur... Il paraissait bien contrarié de l'absence de monsieur... Il n'a pas voulu parler à madame... Du reste il reviendra...

Daniel Metzer frappa du pied.

— M'écouterez-vous, à la fin ! ! — fit-il impérieusement.

— J'écoute, monsieur... j'écoute...

— Allez sans perdre une minute à Passy, chez le loueur de la rue Jean-Bologne... — Commandez-lui d'atteler sur-le-champ une voiture assez grande pour transporter des bagages, et de venir me prendre.

— Monsieur va donc se remettre en route ?...

— Que vous importe ?? — Dépêchez-vous ! — Il faut qu'avant une demi-heure la voiture soit ici...

— Bien, monsieur... — je reviendrai avec, — ça épargnera mes jambes...

La jeune servante s'élança dans l'escalier et sortit de la maison, puis du jardin.

Daniel Metzer rouvrit alors la porte du cabinet où il avait laissé sa femme inanimée...

— Si l'évanouissement persiste, — se disait-il, — j'en aurai raison facilement avec des lotions d'eau fraîche et un flacon de sel anglais...

Il n'eut pas besoin de recourir à cette médication si simple.

Depuis assez longtemps déjà Léonide était revenue à elle-même et ressentait dans toute leur acuité les sensations de la plus violente angoisse qui puisse torturer une femme.

Accroupie sur le divan, elle cachait son visage dans ses petites mains jointes.

Un hoquet convulsif soulevait sa poitrine et faisait trembler ses épaules. — Ses larmes ruisselaient comme une pluie d'orage et, coulant à travers ses doigts, mouillaient le corsage de sa robe.

En entendant entrer son mari elle releva la tête et, toute effarée, le regarda. — On devinait dans ses yeux un trouble moral qui touchait presque au délire.

— Pourquoi pleurez-vous ? — demanda brusquement Daniel. — Que craignez-vous ? Que regrettez-vous? — Quel péril vous menace ou quel malheur vient de vous atteindre?...

— Ah! — s'écria Léonide avec égarement, — vous l'avez tué!!...

M. Metzer haussa les épaules.

— Je ne sais ce que vous voulez dire... — répliqua-t-il. — Qui donc aurais-je tué, s'il vous plaît? Vous perdez la tête, sans doute, ou la fièvre vous fait divaguer!... — Quoi qu'il en soit, je ne veux même pas chercher le sens de vos paroles, et vous tiens quitte de toute explication. — Passez dans ma chambre... — Essuyez vos yeux rougis... — Rattachez vos cheveux épars qui vous donnent l'air d'une folle... — Quittez cette toilette en désordre... — Vous trouverez sur mon lit des vêtements... — Habillez-vous...

— M'habiller? — répéta Léonide. — Vous voulez que je m'habille?

— Je vous prie de le faire, et sans perdre une minute...

Madame Metzer obéit et, pareille à une somnambule qui marche sans en avoir conscience, elle passa dans la chambre voisine.

Là elle aperçut la malle et la valise, fermées, bouclées, cadenassées.

— Ces bagages... — murmura-t-elle.

— Je les ai préparés cette nuit... — Nous quittons Paris...

— Bientôt?

— Tout à l'heure.

— Pour longtemps ?

— Peut-être...

— Et, où allons-nous ?

— Vous le verrez...

Léonide frissonna, mais elle ne se sentit pas le courage de questionner encore, bien certaine d'ailleurs qu'elle n'obtiendrait aucune réponse catégorique.

Passivement elle exécuta les ordres de son mari.

Elle tordit des deux mains sur sa tête son admirable chevelure blonde. — Elle revêtit le costume de voyage déposé sur le lit par Daniel.

Ce dernier la regardait faire sans prononcer une parole.

Quand elle eut achevé, il lui dit :

— Mettez ce chapeau... — Abaissez ce voile... — Je ne veux pas qu'on s'aperçoive que vous avez pleuré...

Elle se soumit encore, et toujours machinalement.

Une pensée unique, incessante, la torturait.

Elle se répétait sans trève et sans relâche :

— Qu'a-t-il fait de Georges ?... — S'il veille sur moi comme un geôlier et, s'il m'éloigne de Paris, c'est

afin de me cacher le sang répandu ! ! — Qu'il me tue
donc aussi, moi !... Ce sera la délivrance !...

Un bruit de roues résonna sur le boulevard Beauséjour et cessa de se faire entendre en face de la grille
du petit hôtel.

Une minute après, Sophie reparut.

— La voiture est là... — dit-elle. — C'est le cocher
Édouard... le vieux que monsieur connaît bien... —
Tiens !! madame s'en va donc en voyage avec mon-
sieur !! Ah ! par exemple, c'est ça qu'est drôle !...

— Faites monter Édouard ; vous descendrez les
malles avec lui ! — interrompit Daniel.

— Oui, monsieur, je m'en y vas...

Le cocher se prêta de bonne grâce à ce qu'on attendait de lui ; Sophie revint annoncer que le char-
gement était complet.

— Et comme ça, — ajouta-t-elle, — je vais donc
rester toute seule à garder la maison !... Peut-être
bien que j'aurai peur...

— Ce serait très-fâcheux, ma fille, mais ce ne sera
pas... — répliqua Daniel Metzer. — Il vous est dû
un mois de gages... — Voici ce mois, plus une quinzaine... — Faites un paquet de vos nippes, et dé-
campez...

— Monsieur me chasse !! — s'écria Sophie stupé-
faite.

— Aucunement, mais ne voulant ni vous emmener

avec nous, ni vous laisser dans la maison dont j'emporte les clefs, il me faut bien me priver de vos ser-
vices... — Ne faites pas semblant de pleurer, ce serait
inutile... — Je vous donne cinq minutes pour filer...

Sophie mit ses poings sur ses hanches.

— Eh bien, au fait, ça me va ! — dit-elle. — J'aimais madame, qui est très-bonne ; mais vous, monsieur, vous êtes bourru, taquin, défiant, grognon,
tatillon, jaloux, brutal, et avec ça *rat* comme pas
un !... — Au diable la baraque ! Je file avec agrément !

Cinq minutes après, — avec ou sans agrément, —
mademoiselle Sophie filait en effet.

— Venez ! — dit Daniel à sa femme en lui prenant
le bras pour la soutenir, car elle semblait au moment
de s'évanouir de nouveau.

Après avoir fermé derrière lui les portes de l'hôtel,
puis la grille, et mis dans sa poche toutes les clefs,
il fit monter Léonide en voiture et s'assit à côté d'elle
en disant au cocher :

— Rue Saint-Lazare... au chemin de fer...

Le coupé de louage s'ébranla.

Raquin, — plus que jamais fidèle à la consigne, —
faisait faction à courte distance.

En voyant Daniel Metzer partir avec sa femme, ce
bon garçon murmura :

— Il lève le pied ! Et le lieutenant n'est pas sorti

de la maison !! — Que diable a-t-il fait du lieutenant ?... — L'a-t-il enterré dans le jardin ?... — L'a-
t-il jeté au fond d'un puits ? — Dans tous les cas,
plus de danger... — Vivant ou défunt, à l'heure qu'il
est, Georges Pradel ne dérangera point Passecoul !!...
— J'ai monté la garde comme il faut... — Ma conscience tranquille me permet de songer désormais
aux tiraillements de mon estomac... — Je meurs de
faim... — Allons déjeuner...

XII

Passecoul, en quittant le Gymnase où il laissait Raquin chargé de surveiller le lieutenant et de l'empêcher par tous les moyens de partir le lendemain pour la Normandie, se rendit chez le fripier dont il avait parlé, et qui fort complaisamment ouvrait sa boutique, à n'importe quelle heure nocturne, aux *camarades* possédant le mot de passe.

Là il fit emplette d'un costume d'occasion presque pareil à celui de Georges Pradel, — redingote noire, pantalon gris perle et pardessus de couleur claire. — Le tout lui coûta cinquante francs.

Le fripier bon garçon tenait en outre à la disposition de ses clients habituels un assortiment de perruques et de barbes postiches.

Le jeune bandit n'avait pas besoin de perruque, mais il s'arrangea d'une superbe paire de moustaches blondes, retroussées victorieusement et superbement ébouriffées, pouvant se mettre dans la poche, et s'ajuster sans la moindre peine sur la lèvre supérieure au moment opportun.

Un couteau catalan à manche de corne, à lame large et fraîchement affilée, compléta son équipement.

Il se fit conduire ensuite à la gare Saint-Lazare par la voiture qu'il avait à l'heure, prit un billet de seconde classe pour Malaunay, partit par un train de nuit et eut l'heureuse chance de se trouver absolument seul dans son compartiment.

A Rouen il descendit au buffet, — vingt-cinq minutes d'arrêt ! — but deux ou trois grogs, alluma un cigare et, dispos de corps et d'esprit, se remit en route.

Une heure après, il quittait le train à Malaunay. Passecoul avait décidé, nous le savons déjà, de n'arriver à Rocheville qu'après la chute du jour.

— Sapristi ! — pensa-t-il, — je vais rudement m'ennuyer ici !...

Pour tuer le temps il alla s'attabler dans une auberge et déjeuna longuement, puis il revint à la station et s'informa des heures du passage de tous les trains venant de Paris.

Il voulait s'assurer par ses propres yeux que Georges Pradel, échappant à la surveillance de Raquin, ne lui tomberait pas sur les bras à l'improviste.

Quand l'express de onze heures du matin eut passé, quand la patache faisant le service de Malaunay à Rocheville et des localités intermédiaire fut partie, n'emmenant que des paysans, il se sentit à peu près rassuré.

D'après son calcul, trois heures et demie devaient lui suffire amplement pour expédier vingt kilomètres.

En conséquence, à cinq heures précises il « entama l'étape, » marchant d'un pas vif et régulier qui ne se ralentit point jusqu'au but.

Lorsqu'il atteignit ce but, — nos lecteurs ne l'ont pas oublié sans doute, — il faisait nuit noire.

Là se présenta pour lui un embarras sérieux.

Les lettres de M. Domerat à son neveu ne l'avaient point renseigné de façon suffisante sur la position du château.

Chercher ce château à l'aventure et le découvrir au milieu des ténèbres, offrait peu de chance de succès.

D'un autre côté Passecoul ne se souciait en aucune façon d'entrer dans une maison du village et de s'informer.

Il tenait infiniment à ce que personne ne pût le reconnaître un jour, et plus encore peut-être à ce qu'aucun témoin ne fût en état de réduire à néant la confusion qu'il espérait faire naître entre lui et Georges Pradel.

Le hasard lui vint en aide en amenant sur son chemin Jean Pauquet, le valet de charrue de la ferme des Étiaux.

La déposition de ce coq de village devant le maire et le juge de paix a mis nos lecteurs au courant des moindres détails de la rencontre.

Ils ont vu Jean Pauquet sonner à la grille et accepter un cigare et une poignée de main du prétendu lieutenant, auquel Jacques Landry vint ouvrir avec empressement aussitôt qu'il crut avoir affaire au neveu de M. Domerat.

Or, il était impossible, — matériellement impossible, — que le moindre doute sur l'identité du nouveau venu effleurât seulement l'esprit de l'ex-matelot.

Le valet de ferme s'éloigna pour courir à son galant rendez-vous, et Jacques Landry, après avoir refermé et cadenassé la grille ainsi qu'il le faisait chaque soir, reprit avec le faux lieutenant l'allée des pommiers qui conduisait au château.

— Figurez-vous, monsieur Georges, — dit le régisseur tout en marchant, — qu'étant allé aujourd'hui à Rouen pour affaire, j'ai trouvé seulement ce soir la lettre de votre oncle annonçant votre arrivée pour demain... si bien que rien n'est prêt, et que vous aurez un triste souper...

— Ne vous inquiétez point, mon brave Landry... — répliqua le jeune homme en riant. — Il y aura toujours chez vous plus qu'il ne faudra pour moi. — Ce n'est pas en Afrique qu'un officier devient difficile...

— Soyez sans inquiétude cependant, monsieur Georges. — Vous ne mourrez point de faim tout à fait, et si le garde-manger ce soir est maigrement garni, demain nous vous dédommagerons... — Les ordres sont donnés...

— Pas de folies, surtout, mon brave !

— Laissez donc, monsieur Georges ! Rien n'est trop bon et trop raffiné pour le neveu de mon cher et vénéré patron ! ! — Mais par quel hasard se fait-il qu'annoncé pour demain vous arriviez ce soir?...

— D'abord, je m'ennuyais à Paris tout seul, et puis il y a une autre raison plus importante... En débarquant au Grand-Hôtel, où j'espérais embrasser mon oncle, j'ai trouvé une lettre de lui par laquelle il me témoignait son désir de me savoir au château le plus tôt possible, pour des motifs qu'il ne faut pas répéter tout haut, de crainte des oreilles indiscrètes...

— Je comprends... je comprends... — dit vivement Landry. — Mais comment avez-vous fait le chemin de Malaunay à Rocheville?

— A pied! comme un simple soldat d'infanterie...

— Il y a une patache...

— Sans doute, mais pour profiter de cette patache il faut partir de Paris à huit heures du matin, ce que je comptais faire... — Malheureusement j'ai manqué l'express...

— C'est donc ça! Dame! cinq lieues, c'est roide.

— Pas pour moi, qui suis chasseur.

— Et votre bagage?

— Je l'ai laissé à Malaunay. La patache l'apportera demain.

Les deux hommes allaient atteindre le perron du château.

Une forme gracieuse se dessina dans l'encadrement formé par la porte du vestibule.

Une voix féminine, jeune et bien timbrée, demanda :

— C'est toi, père? — Qui donc a sonné si fort, et qui ramènes-tu?

— Ah! petite, — répliqua Jacques, — je te défierais de le deviner!... — Je ramène M. Pradel en personne!!

— Monsieur Georges!! — s'écria Mariette. — Ah! mon Dieu!! il aurait beaucoup mieux fait d'arriver

seulement demain... Au moins nous l'aurions bien reçu.

— Veux-tu te taire ! — il t'entend ! ! — fit le régisseur tout déconcerté.

— Pourquoi mademoiselle Mariette se tairait-elle ? — répliqua le jeune homme. — Elle parle dans mon intérêt, et c'est toujours une maladresse d'arriver sans être attendu...

— Ce qui n'empêche pas, monsieur Georges, — reprit Mariette, — que nous vous recevrons tout de même aussi bien que possible...

Jacques Landry et son compagnon entrèrent dans le vestibule éclairé par une lanterne.

Tandis que le régisseur fermait la porte à double tour, la jeune fille et le nouveau venu se regardaient curieusement.

— Comme il est gentil garçon M. Georges, et comme sa figure est mignonne... — pensait la jeune fille. — Sans ses grandes moustaches de chat il aurait presque l'air d'une femme...

— Mon oncle a bien raison d'affirmer qu'il est le parrain d'une jolie filleule ! — dit tout haut le faux officier. — Mon brave Landry, voulez-vous me permettre d'embrasser, pour ma bienvenue, la filleule de mon oncle ?...

— Mais certainement je vous le permets, monsieur

Georges... — Quand on embrasse les jeunes filles devant leur père, il n'y a pas de mal...

Passecoul, avec une galanterie respectueuse et
presque fraternelle, appuya ses lèvres sur les joues
rondes et fraîches de Mariette, qui devint rouge
comme une cerise et fit une révérence timide.

La pauvre enfant était une grande et belle créature, admirablement faite, élégante à son insu sous
ses vêtements simples, et dont la magnifique chevelure brune, tordue et nattée sur sa tête sans la
moindre trace de coquetterie, formait une coiffure
gracieuse et piquante que plus d'une Parisienne aurait enviée.

Les fraîches couleurs de Mariette offraient l'indice
assuré d'un sang pur et généreux, d'une riche orga-
nisation et d'une santé robuste.

Le bon sourire de ses lèvres pourpres et le regard
doux et loyal de ses grands yeux prouvaient une
gaieté constante et une inaltérable égalité d'humeur.

— Peut-être que vous avez faim, mon lieutenant ?
— demanda Jacques Landry.

— Comme un échappé du radeau de la Méduse,
tout simplement ! — répliqua le jeune homme.

—Miséricorde ! qu'allons-nous faire ?... — Mariette, dis-nous bien vite ce que tu peux offrir à
monsieur Georges...

— Père, j'ai un poulet froid, j'ai un jambon, j'ai

une boîte de foies gras, des confitures et des fruits.

— Ça n'est plus du tout le radeau de la Méduse !...
— s'écria Passecoul avec un rire sonore. — L'eau
m'en vient à la bouche !... Mes bons amis, sauvez la
vie au neveu de mon oncle et changez vite le séduisant mirage en une sérieuse réalité !

XIII

— Avant un petit quart d'heure vous serez à table, monsieur Georges... — dit Mariette. — Le temps de mettre le couvert dans la grande salle à manger et d'allumer une douzaine de bougies...

— Où prenez-vous habituellement vos repas? — demanda le jeune homme.

— A la cuisine, monsieur Georges... Ah! une belle cuisine... aussi reluisante qu'un salon... vous verrez...

— Eh! bien, pas de cérémonie pour moi ce soir, s'il vous plaît... — Inutile de mettre un couvert en règle et d'allumer tant de bougies... — Je mangerai sur le coin d'une table, dans cette belle cuisine dont je ferai la connaissance avec plaisir... Et tandis que je souperai, nous causerons...

6.

— Comme il vous plaira, monsieur Georges... —
Nous allons vous conduire...

A cette minute précise des aboiements plaintifs,
accompagnés de grattements énergiques, se firent entendre dans le jardin à la porte du vestibule.

— Qu'est-ce que Munito peut donc avoir pour mener si grand tapage? — s'écria Jacques Landry.

— Il est sorti tout à l'heure avec toi au moment
où j'allais lui donner sa pâtée — répondit Mariette;
— il n'a pas soupé, le pauvre chéri, et il réclame...

— Je vais lui ouvrir... — Munito, monsieur Georges, est une belle et bonne bête et un fameux chien
de garde... — M. Domerat l'aime beaucoup...

Le régisseur entre-bâilla la porte qu'il venait de
fermer et le dogue bondit joyeusement dans le vestibule. Mais, à la grande surprise du père et de la
fille, à peine eut-il flairé le nouvel hôte du logis qu'il
se mit en arrêt devant lui avec des grondements
sourds et hostiles, et montra une double rangée de
crocs de l'aspect le plus formidable.

— Il paraît que je n'ai pas le bonheur de plaire à
Munito! — dit le jeune homme en souriant d'un air
contraint. — Son accueil n'a rien de gracieux! Peste!
il me dévorerait de grand cœur!!

— C'est la première fois que je le vois comme ça,
— murmura Jacques Landry contrarié. — Ça tient
sans doute à ce qu'il ne vous connaît point encore.

— Fi ! la vilaine bête qui ne sait pas deviner ses amis ! D'habitude pourtant il a de l'esprit, cet animal ! Enfin, il se familiarisera tout à l'heure, et vous fera des grâces à n'en plus finir.

Mais Munito ne semblait nullement disposé à réparer ses torts en témoignant une humeur hospitalière. — Il continuait à gronder et regardait le faux officier avec des yeux farouches. — On eut dit qu'il allait lui sauter à la gorge.

Le régisseur fort peu satisfait fit sa grosse voix, et le dogue se sauva dans la cuisine en grondant toujours.

Mariette lui donna sa pâtée du soir et le mit dehors comme de coutume, car, en sa qualité de chien de garde, il passait les nuits dans le parc.

Selon les désirs du prétendu neveu de M. Domerat, Mariette avait étalé une belle nappe bien blanche sur une petite table et posé sur cette nappe dans de beaux plats d'argent le poulet froid, le jambon d'Yorck et la boîte de foies gras aux truffes.

Passecoul fit vigoureusement honneur à ce menu solide quoique improvisé, qu'il arrosa d'une bouteille de vin de Madère et d'une autre de Château-Laffitte, ayant fait l'une et l'autre le voyage des grandes Indes sur un des navires de l'armateur.

— Monsieur Georges, — dit la jeune fille, — l'eau est sur le feu pour votre café. — Présentement vous n'avez besoin de rien?... — Je vous laisse avec le père, et je vais au premier étage préparer votre chambre...

— Quelle chambre donnes-tu à mon lieutenant?— demanda Jacques Landry.

— La plus belle, père... la chambre rouge.

— N'oublie pas d'y porter du sucre et du rhum, du vieux rhum de la Jamaïque...

— Sois tranquille, père, je penserai à tout.

— En vérité, mademoiselle Mariette, — s'écria Passecoul, — je suis honteux de la peine que vous allez prendre pour moi.

— Il n'y a pas de peine, monsieur Georges, — répliqua la jeune fille avec un joli sourire et une grande révérence. — Je suis ici pour vous servir, pour servir mon cher parrain, et aussi mademoiselle Léontine, votre gentille sœur, que j'aime bien... c'est mon devoir et c'est mon plaisir...

Et elle s'éloigna légèrement, une petite lanterne à la main.

— Savez-vous, mon brave Landry, que vous êtes doué d'un courage peu ordinaire!! — dit Passecoul au régisseur aussitôt qu'il se trouva seul avec lui.

— Pourquoi donc ça, monsieur Georges? — demanda l'ex-matelot.

— Combien de gens, et des mieux trempés, ne dormiraient pas tranquilles en ayant sous leur garde, dans une habitation isolée comme celle-ci, un dépôt d'une telle importance!! — Trois cent cinquante mille francs!! — de quoi attirer à Rocheville tous les repris de justice du département!

— Il est certain que la somme est ronde... — répondit le régisseur, — mais le danger est moins grand qu'on pourrait croire... — D'abord, personne au monde ne se doute qu'il y a ici tant d'argent... — Vous pensez bien que je n'en parle point... — Si vous n'aviez su la chose par votre oncle, je n'en aurais rien dit à vous-même, quoique vous soyez le propre neveu de mon patron...

— Et vous auriez eu raison... — La prudence est la mère de la sûreté...

— Le dépôt est bien caché dans ma chambre, — reprit Landry, — on pourrait le chercher longtemps sans parvenir à mettre la main dessus... — Et puis, pour le chercher, il faudrait nécessairement s'être débarrassé de moi, ce qui ne serait pas très-commode... — Je m'enferme la nuit à triples verrous et j'ai une vraie boutique d'armurier à ma disposition : des fusils, des pistolets, et de plus un revolver de fort calibre, toujours à portée de ma main... — Une bande de voleurs, au grand complet aurait du mal à venir à bout de moi, et avant d'être tué par eux j'en tuerais bien une douzaine... — Si vous voulez, monsieur Georges, quand vous aurez fini de souper je vous montrerai ma cabine... vous verrez mon arsenal...

— Bien volontiers... — Mais enfin, quoi qu'il en soit, mon oncle partage mon opinion plutôt que la vôtre, et pense que pour garder trois cent cinquante mille francs deux solides gaillards valent mieux qu'un... — C'est pour cela qu'il m'a demandé de venir à Rocheville sans le moindre retard, ce qui m'a fait avancer mon voyage d'un jour...

— Et savez-vous, monsieur Georges, dans combien de temps M. Domerat viendra vous rejoindre ?...

— Je l'ignore, et il ne le sait pas lui-même, ayant été forcé de partir brusquement pour Marseille. — Je crois cependant que nous le verrons dans une huitaine de jours...

— C'est long, huit jours ! — D'ici là, tout seul ici, vous allez bigrement vous ennuyer...

— J'espère bien que non !! — Le maire et le juge de paix, me dit mon oncle, sont des gens à voir...

— M. Fauvel et M. Rivois... — Ah ! pour ça, oui, ce sont de bonnes gens...

— J'irai leur rendre visite... — Et puis je chasserai...

— Et je vous promets du gibier... — Tenez, rien que dans le parc, si vous aimez tirer les lapins vous serez à votre affaire... — Il y en a par flottes, des lapins !... Et puis Mariette vous cuisinera des dîners comme pour un préfet en tournée de révision... et elle s'y entend, Mariette... — M. Domerat, qui cependant a un chef fameux de Paris à sa maison d'Ingouville, prétend que des petits plats de sa filleule on s'en lécherait les doigts jusqu'aux coudes !...

Mariette reparut au moment où son père exaltait ses mérites de cordon bleu.

— La chambre rouge est prête... — dit-elle. — Je vais couler le café, et si monsieur Georges le trouve mauvais ça m'étonnera bien, car mon parrain le fait venir, exprès pour lui, du bon endroit.

Passecoul proclama le café délicieux, but deux ou trois verres de vieille eau-de-vie et quitta la table.

— Allez-vous vous coucher tout de suite, mon lieutenant ? — demanda le régisseur.

— Je ne tarderai guère, étant plus las que je ne croyais... — répondit le jeune homme. — Mais d'abord, mon brave Landry, visitons votre arsenal...

Jacques prit un flambeau et se tint prêt à guider le prétendu neveu de son maître.

— Père, — dit Mariette, — j'aurai besoin, demain matin, de fendre du menu bois pour allumer le feu... — Où est la hache, s'il vous plaît ?...

— Là... dans le coin, près du buffet... — répliqua Landry.

Nous ne suivrons point les deux hommes dans

leur courte visite à la chambre de l'ancien matelot.

Passecoul admira la panoplie qui formait l'ornement de la muraille.

— Si quelque malavisé s'attaquait à vous, — s'écria-t-il en riant, — je le plaindrais...

— Je crois qu'il aurait en effet une demi-douzaine de balles dans le ventre avant d'enlever ma cabine à l'abordage... — La chambre de Mariette n'est séparée de la mienne que par le couloir... — On s'entend d'une pièce à l'autre en parlant un peu fort... — Au moindre bruit suspect, la petite m'appellerait... — Munito sait d'ailleurs sur le bout du doigt son métier de sentinelle et ne laisserait personne approcher du château...

Après ces paroles échangées, Landry et Passecoul revinrent sur leurs pas, traversèrent la cuisine où Mariette mettait tout en ordre, gagnèrent le vestibule et montèrent à la chambre rouge par le grand escalier.

Le régisseur alluma les bougies, souhaita le bonsoir au faux lieutenant et se retira, en disant :

— Si par hasard vous aviez besoin de quelque chose cette nuit, monsieur Georges, tirez le cordon que voilà... — La sonnette donne tout près de ma chambre...— Je me lèverais sur-le-champ et je viendrais voir ce qu'il vous faut !...

— Grand merci, mais je n'aurai besoin de rien...

Passecoul, resté seul, ferma la porte à clef et s'approcha de la fenêtre.

Tout était sombre au dehors. — On entendait Munito hurler lugubrement dans le parc.

— Est-ce assez drôle ! ! — pensa le jeune bandit. — Ça a de l'instinct plus que les gens, ces bêtes-là !! — Le père et la fille n'ont pas un soupçon et Munito m'a deviné !...

XIV

Passecoul, sans éteindre le cigare qu'il fumait, se déshabilla en un tour de main et se mit au lit.

A coup sûr, il n'avait pas envie de dormir ; mais, posant les jalons d'une erreur judiciaire possible, sinon probable, il tenait à ce qu'on pût constater matériellement qu'il s'était couché.

La pendule que Jacques Landry remontait chaque semaine, comme toutes celles du château, indiquait onze heures du soir.

Jusqu'à minuit, le jeune homme réfléchit.

Selon l'expression de Jobin, il combinait le scénario du drame sanglant qu'il allait jouer.

A minuit moins quelques minutes, il se leva.

— Ces gens doivent être dans leur premier sommeil, — pensa-t-il, — c'est ce qu'il faut...

Il s'habilla et, tirant de son enveloppe la troisième lettre de M. Domerat à Georges Pradel, il en présenta l'extrémité inférieure à la flamme d'une bougie, en ayant soin de consumer irrégulièrement le papier, mais sans atteindre une seule ligne de l'écriture.

Ceci fait, il tordit et roula la feuille et la jeta dans la cheminée où quelques heures plus tard Jobin devait la retrouver.

Il pressa le ressort de son couteau catalan à lame épaisse et bien affilée qu'il glissa tout ouvert dans la poche de côté de sa redingote.

Il but coup sur coup trois ou quatre petits verres de rhum afin de neutraliser une sorte de frisson nerveux qui l'envahissait ; — il éteignit les bougies à l'exception d'une seule, puis, oubliant volontairement le porte-cigares sur la table de nuit, il sortit de la chambre dont il referma la porte derrière lui.

Tenant son flambeau de la main gauche et se faisant de la main droite une sorte de réflecteur, il longea la galerie, descendit le grand escalier, franchit le vestibule et entra dans la cuisine où il s'arrêta.

La petite lanterne dont Mariette se servait pour aller et venir dans le château était posée sur une escabelle et frappa sa vue.

— Voilà mon affaire... — se dit-il. — Ma bougie pourrait s'éteindre s'il y avait lutte, et je resterais dans les ténèbres, ce qu'à tout prix il faut éviter...

En conséquence, il alluma la lanterne, se dirigea vers le coin, voisin du buffet, où Jacques Landry avait placé la hache avec laquelle la jeune fille comptait fendre du menu bois le lendemain matin.

Il prit cette hache, s'assura qu'elle était lourde et solidement emmanchée, hocha la tête en signe de satisfaction ; puis, laissant son flambeau sur une table, traversa l'office, la lingerie, et ouvrit enfin la porte du couloir étroit qui séparait la chambre du père de celle de la fille.

Il allait avec lenteur, ne faisant aucun bruit tant ses pieds foulaient légèrement le sol, et s'arrêtant presque à chaque pas pour écouter.

Autour de lui régnait un silence absolu.

La minute terrible arrivait.

Malgré sa résolution farouche, le misérable sentait son cœur battre dans sa poitrine d'une façon violente et irrégulière. — Des gouttes de sueur perlaient sur son front.

Il les essuya avec le dos de sa main et, après s'être débarrassé de la lanterne qu'il posa par terre, il s'approcha de la porte du régisseur et mit son œil au trou de la serrure.

Une obscurité profonde régnait dans l'intérieur ; donc Jacques Landry était, sinon endormi, du moins couché.

Passecoul se redressa et frappa doucement.

Dès le premier coup, un craquement du bois de lit révéla que le ci-devant matelot se mettait sur son séant.

— Qui est là?... Qui frappe? — demanda-t-il. — Est-ce toi, Mariette?...

— C'est moi... — répondit Passecoul d'une voix étouffée. — Moi, Georges Pradel...

— Vous, monsieur Georges!! — Qu'y a-t-il donc?...

— Je suis très-souffrant.

— Ah! mon Dieu!! il fallait sonner et ne point quitter votre chambre... — Le temps d'allumer et je suis à vous...

— J'ai de la lumière... ouvrez-moi... Il me semble que je vais me trouver mal...

— Me voici...

On entendit le régisseur sauter en bas de son lit, et pieds nus se diriger à tâtons vers le couloir.

La clef grinça dans la serrure...

Les verrous glissèrent.

La porte s'ouvrit et Jacques Landry, en chemise et tout effaré, parut sur le seuil...

Passecoul, la hache haute, guettait ce moment.

L'arme lourde, dirigée par une main sûre, retomba.

Le régisseur, la tête fendue, s'abattit roide mort

sans pousser un soupir, et sa chute produisit un bruit sinistre.

— Celui-ci ne me gênera pas ! — se dit froidement l'assassin. — Reste à savoir maintenant si Mariette va s'éveiller...

Il entra dans la chambre où déjà le sang formait une large mare, il tira de sa poche le couteau catalan et il attendit.

Son attente fut courte.

Au bout de quelques secondes la porte faisant face à celle de Jacques Landry tourna sur ses gonds, et la jeune fille, n'ayant pris que le temps d'attacher un jupon autour de sa taille, s'élança dans le couloir.

Passecoul bondit sur elle et d'un seul coup lui fit l'effroyable blessure qui sépara presque du corps la tête charmante de la malheureuse enfant.

L'assassin était seul désormais dans le château, seul entre deux cadavres, et rien ne pouvait plus l'empêcher de mener son œuvre à bonne fin.

Il rentra dans la chambre de Jacques Landry, et comme il avait besoin d'y voir clair il alluma les quatre bougies des antiques flambeaux de la cheminée.

Où était l'argent?

Deux grands bahuts du seizième siècle, aux ferrures massives, profilaient leurs sculptures noircies par le temps sur les boiseries grises.

On devinait dans ces boiseries des portes de placards.

Pour visiter ces bahuts, pour explorer ces placards, il fallait des clefs.

Passecoul les chercha et ne les trouva pas.

Un obstacle si misérable allait-il donc le faire échouer au port?

Une fièvre soudaine incendia ses veines. — Une fureur brutale s'empara de lui brusquement.

Il ramassa la hache tombée dans le sang de Jacques Landry, et, certain que dans la situation isolée du château le plus effroyable tapage ne pourrait être entendu de personne, il se servit de cette hache à corps perdu et fit voler en éclats panneaux de chêne massifs et boiseries aux moulures légères.

En moins d'un quart d'heure il avait fini.

Alors, avec les gestes saccadés d'un fou furieux, il arracha des meubles éventrés et des placards béants les objets de toute nature qu'ils contenaient et les jeta au milieu de la chambre.

Vêtements, papiers, livres, s'entassaient pêle-mêle, et le trésor n'apparaissait point.

Passecoul sentait une sorte de folie envahir son cerveau.

— S'il y avait une cachette, — se disait-il, — et si cette cachette gardait son secret!... — J'aurais donc fait pour rien tout ce que j'ai fait!! — Je serais volé par ce misérable Landry, et je ne pourrais même pas me venger en le tuant, puisque je l'ai tué déjà!!...

Tout à coup une exclamation sourde jaillit du gosier contracté de l'assassin.

Comme il visitait le dernier placard, un objet lourd s'échappant de ses mains tomba sur le plancher avec un retentissement métallique. — C'était un petit sac de toile dont le cordon se rompit dans sa chute et qui laissa s'échapper des pièces d'or.

— Cela commence donc enfin!! — murmura Passecoul, — le « placer californien » doit être là...

Il ne se trompait point et presque aussitôt il mit la main sur un autre sac, en cuir, d'un poids considérable, et sur un petit coffret d'argent oxydé.

La clef manquait, mais le bandit ne s'inquiétait pas pour si peu; avec la lame mal essuyée de son couteau il fit une pesée et la mignonne serrure sauta.

Le coffret renfermait des liasses de billets de banque.

Il y avait vingt liasses, et chacune était de dix billets, et chaque billet était de mille francs.

— Deux cent mille balles!... — se dit le meurtrier. — Il y a donc pour cent cinquante mille francs de jaunets... — Je ne pourrai jamais emporter tout cela... — Sans compter que c'est lourd, ces sacs

pleins d'or me feraient remarquer...— Il y a des gens
si curieux!!— On voudrait savoir... On s'étonnerait...
Je me troublerais...— C'est impossible!! —Comment
donc faire?...

Après quelques minutes de réflexion, Passecoul
décida qu'il se chargerait seulement des billets de
banque, faciles à dissimuler sous les vêtements, et
qu'il laisserait l'or, bien caché, dans le pays, où il
viendrait le chercher plus tard, à loisir et sans se
compromettre...

— Il s'agit maintenant de quitter le château, —
pensa-t-il ; — de mettre le magot en lieu sûr, de
filer à Malaunay et de prendre le premier train pour
Paris...

XV

Passecoul avait le grand mérite d'agir sans perdre une minute aussitôt que sa résolution était arrêtée.

Il prit dans le coffret les vingt liasses de billets de mille francs et les disposa symétriquement entre sa chemise et sa chair, se matelassant en quelque sorte avec le soyeux papier de la banque de France.

Cela le grossissait un peu, mais ne l'empêchait pas de boutonner son gilet et sa redingote, et ne pouvait attirer sur lui l'attention.

Il ramassa les poignées de pièces d'or échappées du petit sac et, les enveloppant de chiffons afin d'éviter le bruissement métallique, il en entassa dans ses poches autant qu'elles en pouvaient contenir.

Restait le sac de peau dont la pesanteur rendait le transport difficile, et dont la possession pouvait d'ailleurs, à un moment donné, devenir au plus haut point suspecte et dangereuse.

Le bandit avait trouvé dans un des bahuts de fortes lanières de cuir fauve. — Il boucla solidement leurs extrémités autour du sac, de manière à les transformer en une sorte de bandoulière qui lui permit de charger sur son épaule le lourd fardeau dont il se promettait bien de ne pas s'embarrasser longtemps cette nuit-là.

Ces préparatifs terminés, il s'assura qu'aucune goutte du sang de ses victimes n'avait jailli sur ses mains et sur ses vêtements, il éteignit les bougies désormais inutiles, et il quitta la chambre sinistre non par le couloir, mais par la porte ouvrant directement sur le parc, derrière le château.

Il referma cette porte et jeta la clef dans les hautes herbes.

En causant avec Jacques Landry, tout en soupant, il s'était enquis adroitement et à tout hasard de la situation des communs. — Il savait qu'au bâtiment des étables attenait un hangar renfermant des instruments de culture.

— J'y trouverai certainement la pioche et l'échelle dont j'ai besoin, — se dit-il et, s'orientant malgré les ténèbres, il se dirigea droit vers ce hangar qu'il atteignit presque aussitôt.

La flamme fugitive d'une allumette chimique lui

montra, suspendue au mur par deux crochets, une échelle légère dont le régisseur de M. Domerat faisait usage pour émonder les arbres fruitiers.

Tout auprès se voyaient pioches, bêches, râteaux et autres outils de jardinage.

De la main droite il souleva l'échelle, il prit une pioche de la main gauche, et longea le château pour gagner la grille qu'il comptait franchir.

Il venait de s'engager dans l'allée des pommiers quand soudain il tressaillit et sentit un petit frisson d'effroi courir sur son épiderme.

A quelques pas de lui deux prunelles flamboyantes brillaient dans la nuit, et un grondement farouche annonçait la présence d'un ennemi.

— Tonnerre du diable! — murmura Passecoul. — C'est le dogue!! — Je ne pensais plus à lui!... — Il me tient présentement à portée de ses crocs! Ça va chauffer! — J'aimerais mieux avoir en face de moi deux hommes que ce chien maudit!!

En disant ce qui prédède Passecoul se débarrassait de l'échelle et de la pioche qui gênaient la liberté de ses mains, il tirait de sa poche et il ouvrait d'un mouvement brusque le couteau catalan, rouge encore du sang mal essuyé de Mariette, et il se mettait en défense.

Une seconde plus tard il eût été trop tard...

Munito se rassembla comme un jaguar qui voit venir sa proie et fit un bond terrible...

C'en était fait de l'assassin si les mâchoires du dogue lui saisissaient la gorge dans leur étau formidable.

Mais Passecoul avait reculé.

Munito, dans son élan, ne rencontra que la lame affilée tendue vers lui, et retomba blessé en poussant un hurlement de rage et de douleur.

Il s'en fallait beaucoup cependant que tout fût fini.

Le courageux animal, saignant et mutilé, revint à la charge avec une égale ardeur, avec une même impétuosité...

Ce fut une effroyable lutte que celle de cet homme et de ce chien se heurtant dans les ténèbres.

Passecoul ne distinguait qu'une forme sombre sans cesse en mouvement, et frappait presque au hasard...

Le hasard d'ailleurs lui venait en aide et chacun de ses coups portait ; — les plaintes sourdes, mêlées aux hurlements de Munito, ne pouvaient lui laisser à cet égard aucun doute...

Cela dura quelques minutes, — longues comme un siècle ! — puis le dogue, troué de vingt coups de couteau et perdant ses forces avec son sang par

ses blessures béantes, s'abattit pour ne plus se relever...

A ses rauquements de colère succédèrent des gé-
missements qui se changèrent eux-mêmes en râle...

— L'animal a son compte! — pensa le bandit en
essuyant dans l'herbe la lame de son couteau. — Et
moi j'ai de la veine!! — Pas une égratignure!!...

Il reprit son échelle et sa pioche, et certain qu'aucun incident nouveau ne viendrait entraver sa marche, il se dirigea de nouveau vers la grille, l'atteignit,
appuya l'échelle contre les montants et commença
son ascension.

Arrivé au sommet, il constata que des lances de
fer, aiguisées comme des baïonnettes, formaient le
couronnement de la grille.

Escalader ces pointes en toute autre circonstance
n'eut été pour lui qu'un jeu d'enfant, mais il faisait
nuit noire et ses reins fléchissaient sous le poids
écrasant du sac plein d'or.

Passecoul descendit, porta l'échelle un peu plus
loin, fit halte sur le chaperon de la muraille, s'y sus-
pendit par les deux mains après avoir jeté la pioche
au dehors et se laissa couler sur la route.

Il ne tombait pas de bien haut. — L'excessive pesanteur du sac de cuir rendit pourtant la chute
lourde.

Pendant huit ou dix secondes, les jambes du bandit tremblèrent sous lui, puis l'équilibre se rétablit et, ramassant la pioche, il se mit en route d'un bon pas dans la direction de Malaunay.

Deux heures du matin sonnaient au clocher de Rocheville.

Passecoul traversa, sans rencontrer âme qui vive, le village endormi.

A un kilomètre plus loin, le soir précédent, il avait remarqué sur la gauche du chemin une masse plus noire que les ténèbres, et qui devait être un petit bois, — il le croyait du moins.

Résolûment il s'engagea dans les terres et reconnut bien vite qu'il ne s'était point trompé la veille.

De grands arbres couvraient un espace de quelques centaines de mètres carrés, et sous leur ombrage poussait un taillis, ou plutôt un fourré presque inextricable de broussailles épaisses.

Passecoul affronta les épines et les ronces de ce fourré et trouvant un étroit espace vide, au pied d'un ormeau séculaire, il s'arrêta et se donna pendant deux ou trois minutes la volupté de reprendre haleine après avoir détaché les courroies de son fardeau.

Il n'en pouvait plus...

Le court instant de répit qu'il s'accordait étant expiré, il s'arma de sa pioche et, quoique n'y voyant pas assez clair pour distinguer sa main droite de sa main gauche, il creusa un trou d'une profondeur de trois pieds environ.

Au fond de ce trou il jeta le sac, puis il fit retomber une partie de la terre et, toujours à tâtons, il piétina longuement afin d'aplanir autant que possible le monticule.

Cette besogne achevée, il se consulta et reconnut qu'une imprudence était indispensable. — Elle pouvait à la vérité tout compromettre, mais la sécurité de la cachette serait compromise bien plus gravement encore s'il ne commettait cette imprudence.

Passecoul se mit à plat ventre, enflamma une allumette bougie et regarda son œuvre.

Il s'en déclara presque satisfait.

Les mottes de terre dont le sac avait pris la place furent disséminés à droite et à gauche. — Des plaques de mousses et des feuilles mortes couvrirent la petite éminence, et toute trace de l'enfouissement disparut si bien qu'on aurait pu visiter en plein midi les alentours du vieil ormeau, sans soupçonner que quelque chose se cachait sous son ombre.

Passecoul alors se releva, fit flamber une seconde allumette, tira son couteau catalan deux fois ensanglanté depuis la veille, et enleva une plaque d'écorce au tronc rugueux de l'arbre séculaire.

— Au moins comme ça, — se dit-il, — je suis sûr de m'y retrouver...

Tout était fini. — Tout était prévu...

L'assassin de Mariette, singulièrement allégé maintenant qu'il n'avait plus sur lui que des billets de banque et quelques poignées d'or, sortit du petit bois et reprit d'un pas rapide le chemin de Malaunay, emportant sa pioche qu'à un kilomètre plus loin il jeta dans un fossé.

Il parcourut la distance en si peu de temps que Pomponnette, la bonne jument de Sidoine-Apollinaire Fauvel, maire de Rocheville, aurait pu trouver en lui, cette nuit-là, un concurrent redoutable.

Au moment où il arrivait à la station de Malaunay, le jour n'avait point encore paru.

On signalait un train se dirigeant vers Paris.

Passecoul prit un billet de seconde classe et monta dans ce train.

Son voyage s'effectua sans incidents.

La première personne qu'il aperçut en descendant de wagon, rue Saint-Lazare, fut Raquin...

XVI

— Pas un mot ici ! — dit tout bas Passecoul en saisissant par le bras et en entraînant son complice qui s'apprêtait à le questionner, — nous causerons tout à l'heure à notre aise...

Les deux bandits descendirent l'escalier à double rampe conduisant à la cour de la gare, et prirent possession d'un fiacre qui venait d'amener des voyageurs.

— Où allons-nous, bourgeois ? — demanda le cocher.

Passecoul donna l'adresse d'un marchand de vins traiteur dont il fréquentait l'établissement, voisin de la barrière Rochechouart, et le véhicule se remit en marche.

— Rien ne nous empêche présentement de tailler

une forte bavette... — reprit-il ; — je te vois sur le
gril où l'impatience et la curiosité te retournent
comme un boudin du réveillon de Noël... — Ma
bonté d'âme naturelle me défend de te laisser languir plus longtemps...

— Tu es gai, mon compère ! — s'écria Raquin ; —
cette gaieté est de bon augure... — Elle me démontre
clairement que tout a bien marché là-bas...

— Sur des roulettes !!!

— Tu as réussi ?

— De point en point.

— A-t-il fallu jouer du couteau ?

— Un peu, mon neveu... Mais c'est un détail... tu
sais que je m'y attendais... — Je serais absolument
satisfait sans une déception que j'ai eue...

— Quelle déception ?

— Impossible de mettre la main sur toutes les ca-
chettes... — Il manque une part du magot...

Raquin fit une moue prononcée.

— Une grosse part ? — murmura-t-il.

— Plus grosse qu'il n'aurait fallu... — La lettre de
l'oncle Domerat annonçait trois cent cinquante mille
francs, tu le sais, et je n'en ai trouvé qu'environ deux
cent mille...

— Tonnerre du diable ! voilà un rude déchet !

— C'est ce que je me suis dit dans le premier moment ; mais il faut être philosophe, et le lopin est

encore assez beau... J'ai sur moi, pour me servir de
gilet de flanelle, cinquante mille francs en billets de
banque, et je t'en donnerai vingt mille... — Le reste,
sous forme d'un gros sac plein d'or, est en lieu sûr,
là-bas, au fond d'un trou, dans un petit bois de Normandie... — Nous laisserons passer un temps plus
ou moins long, quinze jours, trois semaines, un mois
au besoin, et nous filerons un beau soir tous les
deux, pour déterrer la somme sans risquer de nous
compromettre... — Es-tu consolé et content?

— Il le faut bien... — grommela Raquin en poussant un long soupir, et tout bas il ajouta : — Ah! le
gredin, comme il me carotte!! — Je mettrais ma
main au feu qu'il a trouvé le magot complet et qu'il
en garde les trois quarts!!! — Mais patience... il me
revaudra ça!...

— Et maintenant, — reprit Passecoul, — occupons-nous un peu d'autre chose... — Qu'as-tu fait
de Georges Pradel?...

Raquin reprit sa bonne humeur et se frotta joyeusement les mains.

— Georges Pradel? — répéta-t-il avec un rire jo-
vial. — Je serai bigrement surpris si celui-là devient
jamais un bâton dans nos roues!!!

— Serait-il mort? — demanda vivement Passecoul.

— Entre nous, j'ai tout lieu de le croire...

— Tu l'as tué ?

— Je n'ai pas eu cette peine... — Un autre s'est chargé de la besogne...

— Un autre ? Qui donc ?

— Le mari !

— Daniel Metzer ! lui ! — Allons donc ! c'est impossible ! il est trop lâche ! Ah ! je le connais bien !... Jamais, au grand jamais, il n'aurait osé seulement porter la main sur l'officier !

— D'accord... en thèse générale... Mais quand tu sauras l'anecdote, je crois que tu changeras d'avis...

— Parle donc, et surtout parle vite !...

— Écoute et juge...

Raquin mit rapidement Passecoul au courant de tous les faits que nous avons racontés nous-même à nos lecteurs, et termina son récit par cette question :

— Eh bien, qu'en dis-tu ?...

— Je dis que tu as raison, pardieu ! — s'écria le jeune gredin avec une joie farouche. — Daniel aura trouvé le courage qu'il fallait pour frapper par derrière l'amant de sa femme, car à coup sûr il n'a point quitté sa maison en y laissant Georges Pradel en vie ! — Notre besogne est faite, mon vieux Raquin !... Nous sommes vengés !...

Tandis que les deux complices, ayant achevé leur

route, s'attablent de compagnie dans le cabaret désigné, où Passecoul procède au partage inégal des billets de banque et où nous nous garderons bien de
les suivre, retournons au boulevard Beauséjour et
franchissons le seuil du petit hôtel dont nous avons
vu Daniel Metzer fermer les portes et prendre les
clefs au moment de son départ.   .

Georges Pradel, poussé dans le cabinet de toilette
par Léonide frémissante, se trouva brusquement au
milieu de profondes ténèbres.

Un parfum doux et pénétrant, qu'il connaissait et
qu'il adorait depuis longtemps car c'était le parfum
habituel de la jeune femme, saturait l'atmosphère
autour de lui.

Il osait à peine risquer un mouvement, dans la
crainte de heurter un meuble et de trahir sa présence
par quelque bruit suspect.

Néanmoins il s'orienta de son mieux, il se rappro-
cha de la porte avec des précautions infinies et il
appuya son oreille contre un des panneaux, espérant
que les paroles prononcées dans la chambre voisine
arriveraient jusqu'à lui.

L'immense épouvante de Léonide ne le surprenait
point.

L'homme qui pénétrait dans la maison à cette
heure nocturne ne pouvait être que Daniel Metzer,
dont on attendait d'ailleurs le très-prochain retour.

Le mari connaissait-il la présence de Georges Pradel en son logis ? — Était-il amené par une certitude ou par un soupçon ?...

Tout allait dépendre de la solution de ce problème.

— S'il sait quelque chose, — se dit Georges, — il ne sera point maître de sa colère... il menacera sa femme, et, dans sa brutalité de sauvage, il s'emportera peut-être jusqu'à la frapper... — S'il en est ainsi, je n'aurai plus de précautions à prendre, plus de ménagements à garder... — Au premier cri de douleur ou d'effroi poussé par Léonide, je jetterai bas la porte d'un coup d'épaule, et j'étranglerai ce misérable ! — Advienne ensuite que pourra ! — Si la justice humaine me demande des comptes, je serai prêt à tout subir, et je subirai tout joyeusement, car j'aurai délivré la chère créature d'un supplice au-dessus des forces humaines !

Et le lieutenant, retenant son haleine, imposant silence aux battements de son cœur, prêta l'oreille avec une ardente attention.

Quelques secondes s'écoulèrent et Georges tressaillit comme si l'étincelle électrique d'une pile de Volta puissante venait de le toucher.

On parlait dans la chambre à coucher. — Un faible murmure de voix arrivait jusqu'à lui, mais c'était tout ; il ne distinguait pas les paroles.

Si nos lecteurs se souviennent du court entretien engagé entre Daniel Metzer et sa femme, ils savent déjà que le mari sut contraindre ses fureurs jalouses à ne point éclater, qu'il joua son rôle avec une incomparable habileté, et que Léonide elle-même fut sa dupe et se rassura peu à peu.

En conséquence, le diapason des voix ne s'éleva pas un instant. — Aucune intonation violente ne vint trancher sur le murmure à peine distinct que nous avons signalé.

— A coup sûr, il ne sait rien... — se dit Georges. — S'il avait l'ombre d'un soupçon il serait hors de lui, et la maison retentirait des éclats de sa colère !...

Au bout de cinq ou six minutes tout bruit cessa.

Daniel Metzer venait d'emmener sa femme, sous prétexte de se faire éclairer par elle tandis qu'il procéderait à la recherche de sa valise et qu'il regagnerait sa chambre.

Bien loin d'inquiéter le jeune homme, ce silence le rassura complétement.

— On ne parle plus... — pensa-t-il. — Le mari s'éloigne... — Léonide l'accompagne sans doute, afin de bien s'assurer qu'il rentre chez lui... — Dans un instant ma tremblante amie viendra me délivrer, et, grâce à l'émotion des adieux, j'obtiendrai la promesse d'un autre rendez-vous.

Dix nouvelles minutes s'écoulèrent.

Georges Pradel, s'expliquant mal l'absence prolongée de madame Metzer, commençait à trouver l'attente un peu longue.

Soudain, — et pour la seconde fois depuis qu'il était l'hôte secret du cabinet de toilette, — il tressaillit.

Des coups de marteau, frappés avec une grande force et une régularité parfaite, retentissaient à deux pas de lui dans la chambre à coucher de Léonide, et faisaient trembler la muraille.

Que se passait-il ?

Seul le maître de la maison pouvait, au milieu de la nuit, se permettre un pareil tapage.

Donc Daniel Metzer était là, de l'autre côté, clouant quelque chose et s'inquiétant peu d'être entendu...

Que clouait-il ainsi ?...

Voilà ce dont Georges Pradel ne venait point à bout de se rendre compte.

L'opération mystérieuse dura près d'un quart d'heure et, pendant ces quinze minutes, Daniel employa plus d'une poignée de gros clous.

Puis le silence redevint profond, absolu, et par cela même inquiétant.

— Que fait Léonide ? — se demandait le jeune officier. — Pourquoi prolonger ainsi son absence ?...

Aura-t-elle donc l'imprudence folle d'attendre, pour m'ouvrir, que le jour ait paru?...

Le temps passait sans rien amener...

Georges sentait une vague angoisse s'emparer de lui et grandir, semblable au pressentiment d'un malheur.

Puis, brusquement, la lumière se fit dans les ténèbres de son esprit troublé.

— Ah! je comprends! — balbutia-t-il. — Daniel Metzer sait tout!... — Le bruit de tout à l'heure n'a plus rien qui me surprenne!... — Il condamnait la porte et changeait en prison le lieu de ma retraite! Tout à l'heure une ouverture connue de lui seul laissera passer à la fois un rayon de lumière et le canon d'une arme, et le lâche, n'osant m'attaquer en face, m'abattra sans danger d'un coup de revolver...

XVII

Braver le danger qui se présente sous une forme matérielle et palpable, affronter la mort en plein jour sur un champ de bataille, n'est rien pour un soldat...

Pendant la guerre franco-allemande et pendant les combats d'Afrique, Georges Pradel avait conservé vingt fois son calme au milieu d'un ouragan de fer et de feu, mais cette nuit-là il n'en était plus ainsi...

L'idée qu'un invisible ennemi, contre lequel aucune défense n'est possible, vous guette et va tirer sur vous comme un braconnier à l'affût tire sur un chevreuil ou sur un lièvre, cause une sensation atroce et brise les nerfs du plus fort et du plus résolu.

Le lieutenant éprouva d'abord cette sensation

dans toute son horreur, mais il était trop profondément épris pour songer longtemps à lui-même, et bientôt il oublia son propre péril et ne pensa qu'à celle qu'il aimait.

Daniel Metzer, surprenant Léonide au milieu de la nuit en tête-à-tête avec l'homme dont il était jaloux depuis longtemps, devait la croire absolument coupable...

Que ferait-il de la malheureuse femme?...

Quelle vengeance effroyable se préparait-il à tirer de sa prétendue trahison?

N'irait-il pas jusqu'à frapper, jusqu'à tuer peut-être l'innocente victime qui déjà avait tant souffert de ses emportements injustes et de ses violences odieuses?...

— Ainsi, — murmurait Georges avec une indicible douleur, — Léonide sera perdue et perdue par ma faute!! — Elle refusait de me recevoir... Elle n'a cédé qu'à l'effroi que lui causaient les actes de démence imprudente dont elle me savait capable! J'ai franchi malgré sa volonté le seuil de sa maison!... Loin d'encourager un amour que cependant elle partage, elle ne consentait point à m'entendre et restait fidèle, malgré tout, à son exécrable mari!! — Et je suis désarmé! je suis captif!... Je ne puis rien pour la défendre!... rien pour la sauver! C'est affreux!...

Le lieutenant, en se disant ces choses, se meurtrissait la poitrine avec rage et sentait la folie envahir son cerveau.

La violence intolérable de ses angoisses s'apaisa cependant peu à peu.

Le temps s'écoulait. — Rien ne troublait le silence profond de la nuit. — Aucun bruit insolite ne semblait annoncer que le petit hôtel du boulevard Beauséjour fût le théâtre de quelque sombre tragédie.

Enfin une lueur pâle et indécise annonça le lever de l'aube, et Georges Pradel put se rendre compte de l'endroit dans lequel il se trouvait, et comprendre comment l'idée était venue à Daniel Metzer de l'enfermer en cet endroit.

Généralement un cabinet de toilette situé à un premier étage ne peut guère servir de prison.

En supposant la porte condamnée, il doit paraître sinon facile, du moins possible, de s'évader par la fenêtre. — Ceci est la règle générale, mais toute règle a ses exceptions.

La pièce en question était de dimension moyenne, tendue de cretonne ainsi que la chambre à coucher, et garnie de grandes armoires à doubles portes.

En face d'une longue toilette anglaise munie de tous ses accessoires se trouvait un petit divan.

Des vêtements féminins se suspendaient à des pa-

8.

tères, et de leurs plis soyeux s'exhalait ce parfum doux et pénétrant si cher à Georges Pradel, qui voyant ces tissus portés par Léonide et conservant comme une émanation d'elle-même, sentit son cœur bondir et se serrer à la fois.

La pièce que nous décrivons, située tout au fond de l'hôtel, à la suite de la chambre de madame Metzer, n'avait pas à proprement parler de fenêtre.

Elle était éclairée d'une façon à peine suffisante par une étroite ouverture de forme ovale, placée si haut qu'elle touchait presque au plafond, et constituant ce qu'on appelle un *jour de souffrance* dans le langage des légistes et des architectes.

Il ne pouvait d'ailleurs en être autrement, les derrières de l'hôtel dominant une propriété voisine sur laquelle le propriétaire ne pouvait, sans excéder ses droits, se ménager des percées indiscrètes.

Deux solides barreaux de fer, formant une croix, coupaient le jour de souffrance en quatre parties.

Les cachots de certaines prisons de province, construits cependant tout exprès pour garder leurs captifs, présentent à coup sûr des sûretés moins complètes.

Aussi Daniel Metzer s'était dit avec une entière confiance que l'évasion de Georges Pradel serait absolument impossible.

Le jeune homme comprit cela facilement, après

s'être rendu compte par un coup d'œil rapide de la disposition des lieux.

— Je suis certain désormais, — pensa-t-il, — que ce Metzer a quitté l'hôtel, ou qu'il va le quitter, en forçant Léonide à le suivre... Il m'abandonne ici, convaincu qu'après une hideuse et lente agonie j'y mourrai misérablement de faim!! — Digne vengeance d'un lâche tel que lui!! — Je succomberai peut-être, comme il l'espère, comme il y compte; mais au moins ce ne sera pas sans avoir tenté pour ma délivrance tout ce que peut tenter un homme!!...

Georges Pradel regarda sa montre...

Il avait oublié de la remonter la veille au soir...

Elle ne marchait plus, mais nous savons, nous, et nous pouvons dire qu'il était un peu moins de six heures et demie du matin. — Daniel Metzer faisait monter sa femme en ce moment dans la voiture de louage venue de Passy, et prenait avec elle le chemin de la rue Saint-Lazare.

Le lieutenant souleva la portière de cretonne retombant sur l'unique porte, et constata que la serrure, fixée par quatre vis, était placée en dedans, c'est-à-dire du côté où il se trouvait lui-même.

Il tira de sa poche un canif qui lui servait à couper le bout de ses cigares. — Il brisa la pointe de la lame pour métamorphoser celle lame en un à peu près de tourne-vis, et il se mit à la besogne sans rencontrer de sérieuse résistance.

Au bout de cinq minutes de travail la serrure tombait.

L'événement fournit alors la preuve irrécusable de la parfaite justesse des calculs de Daniel Metzer.

Georges Pradel, ayant la serrure à ses pieds, ne se trouva pas plus avancé que lorsque le pêne entrait de toute sa longueur dans la gâche.

Les planches clouées derrière la porte par le mari offraient une insurmontable résistance. — Pour avoir raison de l'obstacle, il aurait fallu se servir d'une hache ou d'un maillet; or, Georges ne possédait ni l'un ni l'autre, et parmi les objets mis à sa disposition par le hasard rien ne pouvait les remplacer.

— Que faire? — se demanda le jeune homme presque découragé.

Tandis qu'il cherchait vainement une réponse à cette question, ses yeux se tournèrent du côté de l'ouverture ovale d'où la lumière grise du matin tombait avec parcimonie.

— Oui, c'est par là qu'il faudrait s'échapper... — murmura-t-il. — Mais est-ce possible?... — Voyons un peu...

Nous avons dit que le jour de souffrance se trouvait pratiqué dans la muraille, presque au niveau du plafond.

Les pièces du petit hôtel étant hautes d'étage, l'intervalle entre le plancher et le rebord inférieur de l'ouverture mesurait près de trois mètres et demi.

Georges Pradel traîna la toilette anglaise au-dessous de la percée.

Sur cette toilette il mit un fauteuil, sur ce fauteuil un tabouret, et se hissant lui-même au sommet de l'édifice chancelant, au risque de le voir crouler et de le suivre dans sa chute, il se trouva au niveau du jour de souffrance.

Roulant son mouchoir de poche autour de son poignet il brisa la vitre dont le châssis n'était point mobile, et glissant sa tête non sans peine dans l'un des quatre compartiments formés par les barreaux, il regarda au dehors.

Un beau jardin, planté de grands arbres, se trouvait devant lui. Au fond de ce jardin, et cachée à demi par la verdure, s'élevait une habitation coquette construite en forme de chalet.

On entendait des rires d'enfants, auxquels répondaient les jappements joyeux d'un chien.

— J'étais fou de m'inquiéter !... — pensa le lieutenant. — Me voici hors d'affaire... — Je vais appeler si fort et si longtemps qu'il faudra qu'on m'entende...

— Quelqu'un viendra au pied de ce mur et deman-

dera ce que je veux... — J'expliquerai que, retenu
céans malgré moi, j'invoque le secours des bonnes
âmes... — Personne ne saurait refuser de me venir
en aide... — On entrera dans la maison... Je serai
libre avant une heure...

Déjà Georges Pradel ouvrait la bouche pour réaliser son projet, mais il s'arrêta brusquement et ses
lèvres n'articulèrent aucun son.

— C'est maintenant que je suis fou!! — se dit-il.
— Ces gens du voisinage que je veux appeler à moi
ne pourront, sans l'assistance d'un agent de l'auto-
rité, franchir le seuil de cet hôtel dont toutes les
portes sont fermées sans doute, et dont les clefs ont
disparu...

« Le commissaire de police ne marchandera point
son concours, cela n'est pas douteux, et me déli-
vrera, mais il voudra savoir — (c'est son devoir et
c'est son droit) — de qui et pourquoi j'étais prisonnier...

« Que répondre à ses questions?...

« Comment accuser Daniel Metzer sans accuser
aussi Léonide!...

« Ou je suis un voleur tombé dans un piége, ou je
suis un amant pris en flagrant délit par un mari qui
veut se venger...

« Or je ne suis point un voleur, donc je suis un
amant...

« Entre ces deux alternatives il n'est pas de milieu.

« Vainement je dirais la vérité... — Elle est invraisemblable! On ne la croirait pas... — Le magistrat lui-même, si grande que soit sa bienveillance, refuserait d'ajouter foi à l'innocence d'une femme qui cache un lieutenant de zouaves dans sa chambre après minuit...

« Ainsi donc, non content d'avoir perdu ma bien-aimée aux yeux de son mari, je lui infligerais publiquement un déshonneur immérité!!... Et je ferais cela pour me venir en aide à moi-même!!

« Allons donc!! — Ce serait lâche! — Ce serait infâme!! — Cela ne sera pas !!

« Je me sauverai seul, ou bien, silencieux et résigné, j'attendrai la mort en répétant tout bas le nom de Léonide, et la pensée que je meurs pour elle consolera mon agonie... »

XVIII

Georges Pradel avait absolument raison...

Dans les questions où l'honneur se trouve en jeu tout compromis est impossible, toute transaction est déloyale...

Plutôt que perdre une femme innocente et que la livrer au mépris du monde, un galant homme doit savoir mourir...

Donc il fallait se sauver sans aide.

Le lieutenant réfléchit pendant quelques secondes et le résultat de ses réflexions fut celui ci : — La fuite, en admettant sa possibilité, ne pouvait avoir lieu que par l'étroite ouverture dont il venait de briser la vitre.

Les barreaux constituaient l'obstacle principal.

Par quel moyen triompher de cet obstacle?...

Georges Pradel descendit de son échafaudage chancelant, et se mit en quête de quelque instrument qui lui permît d'attaquer le fer, mais c'est à peine s'il avait l'espérance que ses recherches dussent aboutir.

Il se trompait.

Machinalement il ouvrit les tiroirs de la toilette, et il eut peine à contenir un cri de joie en trouvant sous sa main de petites limes en acier...

Ces limes, destinées à polir les ongles roses et élégants de Léonide, constituaient assurément de bien faibles outils, mais le lieutenant savait l'histoire de ces prisonniers légendaires perçant des murailles épaisses ou coupant des barreaux énormes avec l'aide unique d'un clou arraché au bois de lit de leur cachot, et consommant grâce à des moyens presque nuls des évasions quasi-fantastiques.

Il se souvint du baron de Trenck, de Casanova, de Latude, de Sylvio Pellico, et malgré la gravité de la situation il ne put s'empêcher de sourire en se comparant mentalement à ces illustres captifs.

— Mes ressources valent au moins les leurs... — murmura-t-il, — et j'ai sur eux cet avantage immense de n'être point gardé... — Nul geôlier inquiet, nulle ronde de surveillants soupçonneux, ne viendront m'interrompre et me contraindre à cacher mon travail... — Donc, sans perdre une minute, à l'œuvre !!..

Le jeune homme escalada de nouveau les meubles entassés et, s'armant de l'une des limes, en fit usage avec une activité fiévreuse.

Il lui suffit d'un instant pour se convaincre que ses efforts pourraient aboutir, mais qu'une seule entaille lui demanderait bien des heures avant d'être suffisamment profonde.

Or, les deux barreaux nécessitant quatre entailles, trois jours au moins de labeur acharné seraient nécessaires !...

Trois jours !... Et dans ce cabinet de toilette l'absence d'un aliment quelconque était aussi complète que sur le radeau de la Méduse !...

Georges Pradel sentit un frisson effleurer sa chair en songeant à cette effrayante pénurie, et le spectre de la faim surgit devant ses yeux...

Il ne se découragea point cependant.

— Je suis un homme, — se dit-il, — et je suis un soldat... — M'abandonner moi-même serait l'acte d'un lâche... — Je lutterai jusqu'au bout... je lutterai tant que je pourrai... et, si mes forces me trahissent, advienne que pourra !... Du moins en succombant j'aurai fait mon devoir...

Trois jours s'écoulèrent en effet... — Trois jours pendant lesquels le neveu de M. Domerat parcourut toutes les phases d'une lente et douloureuse agonie, peuplée de ces visions sinistres qui des entrailles affamées montent au cerveau brûlé par la fièvre.

Si Georges Pradel ne succomba pas, — s'il put continuer d'une main souvent défaillante, son interminable travail, — c'est qu'il avait eu le bonheur de trouver dans l'une des armoires deux ou trois grands flacons d'eau de Cologne et d'eau de Portugal.

Quand il sentait l'anéantissement venir, il buvait une gorgée de ces terribles alcools qui desséchaient sa gorge et calcinaient sa poitrine, mais qui le soutenaient en tendant ses nerfs et lui rendaient pour une heure une énergie factice.

Enfin, le soir du troisième jour, l'œuvre fut achevée et les barreaux tombèrent.

Le lieutenant employa le reste de ses forces à glisser la partie supérieure de son buste dans l'ouverture libre désormais, afin de se bien rendre compte de la distance qui le séparait du sol.

Les armoires renfermaient des draps.

Il avait calculé qu'en découpant ces draps en lanières qui tressées et mises bout à bout lui serviraient de corde, il pourrait franchir cette distance, si toutefois il restait à ses poignets assez de vigueur pour soutenir le poids de son corps.

Une émotion presque joyeuse résulta de son examen.

Du premier coup d'œil il venait de découvrir
qu'une circonstance inattendue simplifierait beaucoup sa périlleuse descente.

Un treillage de bois peint couvrait la muraille, de
la base au faîte, et ce treillage disparaissait presque
entièrement sous un épais réseau de lierre, vieux
déjà de quelques années, offrant de solides adhé-
rences et implantant en quelque sorte ses radicules
dans le treillage et dans la maçonnerie.

Les propriétaires du chalet voisin avaient ingénieu-
sement habillé d'un manteau de verdure les derrières du petit hôtel où Georges Pradel était prisonnier et qui bornait l'horizon de leur jardin.

— Je n'ai plus besoin, grâce au ciel, de me préoccuper d'une corde... — se dit l'officier. — Le lierre
et ses supports me serviront d'échelle... — Aussitôt
la nuit tout à fait venue, je descendrai... et à la
garde de Dieu!!...

Le jour baissait.

Le jeune homme quitta son poste élevé, avec l'intention de s'étendre sur le petit divan et d'y goûter
pendant une heure ou deux un repos dont il avait
effroyablement besoin ; mais, à la minute précise où
ses pieds touchaient le parquet, il lui sembla que
les tentures du cabinet de toilette tournaient autour
de lui, des bruissements bizarres remplirent ses
oreilles, des papillons flamboyants décrivirent des

zig-zags devant ses yeux ; il voulut s'appuyer à un
meuble pour se soutenir ; sa main ne rencontra que
le vide ; il n'entendit plus rien et il tomba sans
connaissance à côté du divan...

La nuit était bien avancée quand se dissipa l'évanouissement causé par la fatigue et surtout par
l'inanition. — Avant une heure le jour allait paraître...

Georges se releva, non sans peine, tira de l'une
de ses poches la boîte d'allumettes dont il était
muni, alluma une bougie, et comprenant à sa faiblesse croissante que s'il n'agissait sans perdre une
minute il n'aurait plus la force d'agir et serait irrévocablement perdu, il saisit un flacon d'esprit de
Portugal dont le tiers environ restait intact, et sans
réfléchir, sans hésiter, il le vida d'un trait.

L'effet de cet infernal breuvage, absorbé à haute
dose, fut immédiat et prodigieux.

Le lieutenant ressentit dans toute son horreur la
sensation que doit éprouver un malheureux em-
poisonné par l'acide sulfurique.

Il crut d'abord qu'un feu liquide dévorait sa poitrine et qu'il allait mourir ; puis, sans transition
appréciable, une réaction soudaine et violente mit à
la place de sa défaillance absolue une incompréhen-
sible énergie. — Il se sentit galvanisé et capable de
tous les efforts.

L'ivresse alcoolique, frappant son cerveau comme la foudre, lui cachait le péril. — L'évasion qu'il s'agissait de consommer au mjlieu des ténèbres lui paraissait désormais la chose du monde la plus facile...

Il s'élança presque d'un bond sur l'échafaudage des meubles qu'il avait coutume de gravir lentement et péniblement. — Adroit et leste comme un clown pour qui le trapèze est un jeu, il glissa son corps dans l'ouverture avec une témérité inconsciente, s'abandonna dans le vide en s'accrochant d'une main au rebord en saillie, et, saisissant de l'autre une touffe de lierre, se mit à descendre avec une rapidité vertigineuse comme s'il avait eu sous ses pieds des échelons solides.

En moins de quelques secondes, il touchait le sol.

L'éréthisme momentané qui l'avait soutenu jusquelà le soutenait encore et, dans sa passagère folie, mettait une lucidité singulière.

Il suivit l'allée circulaire en ayant la prudence d'étouffer le bruit de ses pas, longea le chalet, atteignit le mur d'enceinte et vit, ou plutôt devina, une porte percée dans ce mur.

Cette porte était fermée en dedans, mais seulement par des verrous.

Georges les fit jouer à tâtons, et, ce faible et dernier obstacle écarté, se trouva sur le trottoir d'une rue parallèle au boulevard Beauséjour...

Il avait reconquis sa liberté complète... — Rien ne pouvait désormais l'empêcher d'agir à sa guise... rien, sinon la défaillance physique et l'anéantissement moral qui, vaincus un instant, reprenaient leurs droits et parlaient en maîtres...

Le chaos se faisait de nouveau dans la pensée du jeune homme... — Il n'entrevoyait sa situation qu'à travers une sorte de brume, et cette brume s'épaississait de minute en minute. — Il ne savait plus ce qu'il voulait...

Il se mit à marcher au hasard, ou plutôt à se traîner d'un pas incertain, allant droit devant lui, sans but...

L'aube matinale avait remplacé la nuit. — Le soleil allait se lever.

Georges Pradel parcourut en chancelant la grande rue de Passy, suivi d'un regard étonné par les boutiquiers et les servantes debout sur le seuil des maisons à peine ouvertes.

Il descendit machinalement la pente rapide qui conduit à la Seine, et il se trouva sur le quai.

En ce lieu la vie active commence dès le point du jour.

Les ouvriers se rendent aux usines ; les pêcheurs rejoignent leurs barques ; les cabarets allument leurs fourneaux ; les buveurs altérés de grand matin entourent les comptoirs de zinc des marchands de vin ; le petit bleu et le petit blanc coulent à flots ; — des odeurs de cuisine se répandent dans l'air.

Le lieutenant s'arrêta.

L'instinct animal qui survit à tout se réveillait chez lui. — Le jeune homme, sentant qu'il souffrait, devina la cause de cette souffrance.

Il appuya sa main sur sa poitrine endolorie, et d'une voix éteinte il balbutia :

— J'ai faim... je meurs de faim...

Une flamme joyeuse brillait au fond de l'âtre d'une auberge, à dix pas de lui. — La graisse bouillante chantait sa chanson dans la poële... — la friture crépitait...

Cette flamme et ce bruit attirèrent irrésistiblement le prisonnier délivré.

Il entra...

XIX

L'auberge dont Georges Pradel franchit le seuil ressemblait aux guinguettes de la banlieue.

De petites tables disposées devant la maison sous une sorte de tonnelle attendaient les amateurs de matelotte et les buveurs de bière.

A l'intérieur, dans la salle même servant de cuisine, se voyaient d'autres tables et des bancs de bois.

Le lieutenant s'assit, ou plutôt se laissa tomber sur un de ces bancs.

Une jeune servante accorte et vive quitta les fourneaux et vint à lui.

— Bonjour, monsieur... — dit-elle, — qu'est-ce qu'il faut vous servir?...

N'obtenant pas de réponse immédiate elle regarda

9.

avec attention le client matinal et s'écria tout effarée, en lui voyant la mine d'un spectre :

— Mon Dieu, monsieur, qu'est-ce que vous avez
donc ? — On croirait que vous allez vous trouver
mal... — Vous me faites peur !...

Le lieutenant répéta tout haut, d'une voix sourde,
ce qu'il venait de se dire à lui-même une minute
auparavant :

— J'ai faim... je meurs de faim... je n'ai pas mangé
depuis trois jours...

Puis, comme la servante semblait hésiter, — stu-
péfaite d'entendre ce jeune homme bien vêtu parler
ainsi, — il ajouta :

— Soyez tranquille... je puis payer...

Et, tirant son porte-monnaie, il montra de l'or.

— Oh ! monsieur, ce n'est pas cela... — reprit la
servante, — on voit tout de suite, Dieu merci, qu'on
n'a point affaire à un rien qui vaille... — Je vais vous
servir... — Seulement, si vous êtes à jeun depuis si
longtemps, il faudra manger très-peu... c'est connu...
rapport à votre estomac qui n'a plus l'habitude de
travailler...

— Je serai prudent... — balbutia Georges, — mais
servez-moi vite, je vous en supplie, ou je vais perdre
connaissance...

Au bout de quelques secondes la jeune fille pla-
çait devant lui une assiette de bouillon, un petit

pain, une bouteille de vin, et l'aile d'un poulet qui, de son vivant, avait été d'une maigreur étonnante.

Le lieutenant dévora ces aliments légers, but le quart de la bouteille de vin et se sentit renaître.

— Ça va-il mieux, monsieur, présentement? — demanda la servante.

— Oui, beaucoup mieux... — répondit Georges d'une voix déjà raffermie, — et il me semble que si vous pouviez me donner du café, ça irait complétement bien...

— Du café, monsieur?... voilà... — Nous en avons du tout prêt d'hier au soir... — Le temps de le faire chauffer...

Quand la jeune fille revint à la table avec du café chaud, les yeux du lieutenant étaient fermés, sa tête se penchait sur sa poitrine. — Il dormait.

— Tout ça, c'est bien drôle... — pensa la servante. — Il y a une histoire là dessous, bien sûr... — Je vais prévenir la bourgeoise...

La « bourgeoise » était une grosse commère d'une quarantaine d'années, de bonne figure et de bonne humeur, que la fréquentation des théâtres de drames et la lecture assidue des feuilletons du *Petit Journal* avaient rendue quelque peu romanesque.

Elle aimait son mari et conduisait sa maison en maîtresse femme, ce qui ne l'empêchait pas de soupirer parfois en songeant qu'elle aurait pu, — tout comme une autre, — être enlevée et épousée par quelque jouvenceau millionnaire quand elle n'avait que quinze ou seize ans.

Elle accourut, se posa les poings sur les hanches en face de l'officier, et, après l'avoir regardé longuement, formula ce petit discours :

— Tu as raison, Irma... ça n'est pas naturel!... — Ce joli garçon, — (car il est bigrement joli garçon, mon client de passage, malgré sa barbe longue et ses joues creuses), — ce superbe jeune homme qui n'a ni bu, ni mangé, ni dormi depuis trois jours, me fait l'effet d'un personnage de roman !... — Pourquoi se laissait-il manquer du nécessaire puisqu'il a de l'argent?... Je te le demande... — Il est riche, ce cadet-là ! Ça saute aux yeux... — Regarde sa chaîne de montre... Voilà ce qui peut s'appeler une chaîne de montre du premier numéro ! ! — Irma, mon enfant, souviens-toi de ce que je te dis... L'histoire qu'il y a là-dessous, c'est une aventure d'amour! — Je parierais ma tête à couper que ce beau blond est l'intéressante victime d'une coquinerie de mari contrarié...

— Ça se peut bien tout de même, madame... — repliqua la servante.

— C'est-à-dire que c'est positif!... — Mais il ne peut pas dormir comme ça sur un banc de bois... il attraperait une courbature... sans compter qu'il nous

viendra du monde tout à l'heure et qu'on le dérange-
rait en faisant du bruit... — Nous allons le conduire
à l'une de nos chambres meublées... Il y sera comme
en paradis...

Et la brave commère frappa d'une façon toute
amicale sur l'épaule de Georges qui tressaillit, ouvrit
les yeux et releva la tête.

— Que me voulez-vous? — balbutia-t-il.

— Excusez-moi, mon cher monsieur, si je vous
éveille... — répondit l'aubergiste. — Vous tombez
de sommeil, c'est visible, et vous n'êtes pas bien là...
— J'ai une chambre à votre service, pas très-grande,
mais très-propre... — Allons... allons... un peu de
courage... levez-vous et venez... — C'est au premier...
Je vais vous montrer le chemin...

L'officier murmura quelques paroles de gratitude,
quitta son banc de bois et suivit machinalement la
digne femme. — L'excès de la fatigue physique en-
gourdissait son intelligence.

A peine dans la petite chambre, et sans prendre le
temps de se déshabiller, il se laissa tomber sur le lit
et s'endormit profondément de nouveau.

Son sommeil dura jusqu'à six heures du soir.

Quand il se réveilla, il était rentré en possession
complète de ses facultés mentales, et n'avait plus
qu'une préoccupation, une idée fixe : tâcher de savoir ce que Daniel Metzer avait fait de Léonide.

Il baigna dans une cuvette remplie d'eau fraîche son visage dont l'altération était véritablement effrayante. — Il répara sans peine le désordre de sa chevelure courte, et il descendit au rez-de-chaussée.

— A la bonne heure!— s'écria la maîtresse du logis en le voyant paraître. — Vous n'êtes plus du tout le même que ce matin, savez-vous, quoique cependant vous n'ayez pas encore la mine fort gaillarde... — J'imagine que vous avez faim...

— J'ai très-faim, oui, madame...

— Eh bien! on va vous servir à dîner... Mais croyez-moi, mon cher monsieur, ménagez-vous encore...

Georges Pradel suivit ce conseil. — Il ne satisfit qu'avec une modération relative son dévorant appétit, mais il but toute entière une bouteille d'un vin de Bordeaux passable et il se sentit, ou du moins il crut se sentir assez vigoureux pour entreprendre à pied une course un peu longue.

Il paya sa dépense, remercia chaleureusement la digne femme qui mourait d'envie de le questionner, mais qui n'osa pas et, quittant la petite auberge, il s'engagea dans la rue montueuse par laquelle il était descendu le matin.

Le lieutenant allait au boulevard Beauséjour.

En atteignant le sommet de la pente et au moment de s'engager dans la grande rue de Passy, il s'aperçut qu'il avait trop présumé de ses forces et que ses jambes commençaient à vaciller sous lui.

Un fiacre vide passait.

Il le prit à l'heure et donna le numéro du petit hôtel où il avait vu la mort de si près.

On s'étonnera peut-être que Georges Pradel ne reculât point devant la pensée de se trouver face à face avec Daniel Metzer, son meurtrier, — au moins par l'intention.

Non-seulement il ne redoutait pas cette entrevue, mais il la désirait avec ardeur.

Il voulait dire à l'homme dont la vengeance avait tenté de s'assouvir par des moyens si lâches :

— Me voilà ! — Vous avez cru m'assassiner et vous vous êtes trompé... — Je suis vivant ! — Aussi vrai que je vous fais peur, votre femme est un ange de pureté, et votre jalouse fureur l'outrage injustement !... — Je l'aime, c'est vrai ! je l'aime plus que ma vie, je l'aime sans désir et sans espérance, et cet immense amour ne me donne qu'un droit, celui de la protéger contre vous !! — Respectez votre femme, Daniel Metzer, je vous l'ordonne, et, ne pouvant la rendre heureuse, laissez-lui du moins le repos !... — Plus d'insultes, plus de tortures, sinon, moi que vous avez voulu tuer je prendrai ma revanche, et je jure devant Dieu que je ne vous manquerai pas !

Et Georges Pradel savait qu'écrasé par un tel lan-

gage Daniel Metzer courberait la tête, et que peut-
être il obéirait.

Le fiacre s'arrêta.

Le lieutenant descendit, saisit le bouton qui mettait la sonnette en branle et le tira sans hésiter.

Aucun bruit, aucun mouvement ne répondirent à
cet appel que le jeune homme renouvela deux ou
trois fois sans plus de résultat.

Georges ne s'étonna point de ce silence.

L'idée que Daniel Metzer avait quitté l'hôtel emmenant Léonide s'était déjà présentée à son esprit,
nous le savons, pendant les longues heures de sa
captivité, — mais il voulait une certitude.

Un domestique en tablier blanc et tête nue, qui
charmait ses loisirs en fumant sa pipe devant la
grille de la maison voisine, se sentit agacé sans doute
par le vacarme incessant de la sonnette et s'approcha.

— Monsieur sonne chez M. Metzer... — dit-il.

— Vous le voyez et vous l'entendez... — répliqua
Georges.

— Eh bien, monsieur se donne une peine inutile. .

— Comment cela?...

— L'hôtel est inhabité... — M. et madame Metzer
ont renvoyé leur bonne et sont partis en voiture
avec des malles... preuve qu'ils allaient en voyage...
Je les ai vus...

— Y a-t-il longtemps de cela?...

— Trois jours ou quatre peut-être... Je ne me souviens pas au juste... C'était de grand matin...

— Merci.

Le lieutenant en savait assez.

Il regagna son fiacre et dit au cocher :

— Au Grand-Hôtel...

XX

En voyant ses suppositions confirmées Georges Pradel sentit une immense tristesse envahir son âme, une profonde angoisse oppresser son cœur.

Pour la seconde fois il venait de perdre la trace d'une femme adorée, et il l'avait perdue par sa faute.

Si en effet il ne s'était pas obstiné, au mépris de toute prudence, à franchir le seuil du petit hôtel après la rencontre au Gymnase, Daniel Metzer, ne le surprenant point chez lui, n'aurait pu soupçonner sa présence à Paris. — L'occasion d'une entrevue sans péril ne se serait pas fait attendre et rien n'eût été compromis...

Léonide, au contraire, entraînée par un mari jaloux et brutal qui devait se croire mortellement offensé, était loin maintenant, dans un lieu inconnu où Georges ne pouvait la suivre et où son détestable tyran, mettant à profit son isolement et son abandon, la martyrisait sans doute.

Qui sait si Daniel Metzer ramènerait jamais sa victime à Paris?... Qui sait si, dans un accès de rage folle, il n'irait pas jusqu'à se débarrasser d'elle par un crime?...

Cette pensée assiégeait l'esprit de Georges et le faisait frissonner d'épouvante et d'horreur.

Une chose cependant le rassurait un peu.

Le mari, se croyant vengé par la mort de l'homme qu'il accusait d'être l'amant de sa femme, serait moins implacable peut-être, et, ne fût-ce que pour prolonger l'expiation, n'attenterait point à la vie de Léonide.

— Qu'elle vive seulement!... — murmurait l'officier avec exaltation. — Il faudra bien que je la retrouve, dussé-je pour cela fouiller le monde... Je la défierai bien alors de ne pas accepter le salut qui lui viendra de moi!! — Je souffletterai publiquement Daniel Metzer, avec ou sans prétexte, pour le forcer à se battre et, s'il refuse un combat loyal, je le tuerai comme il a voulu me tuer! Je serai dans mon droit! — C'est la peine du talion!!... C'est justice!...

Tandis que le lieutenant monologuait ainsi, la voiture suivait l'avenue d'Eylau, descendait les Champs-Élysées, enfilait la rue Royale, longeait les boulevards et s'arrêtait au lieu indiqué.

Georges franchit le seuil du Grand-Hôtel et entra dans le bureau.

L'employé par qui la lettre de son oncle lui avait été remise quatre jours auparavant, le regarda d'un air de surprise profonde et comme quelqu'un qu'on a peine à reconnaître, puis s'écria :

— Mais je ne me trompe pas !... C'est vous, monsieur, qui êtes le neveu d'un de nos bons clients, M. Domerat, et qui, le 23 de ce mois, avez occupé pendant quelques heures l'appartement n° 104 ?...

— Je suis en effet le lieutenant Georges Pradel... — répondit le jeune homme.

— Vous nous avez causé, monsieur, une inquiétude fort grande !... — reprit l'employé. — Nous aurions certainement écrit où télégraphié à M. votre oncle, si nous avions su comment lui faire parvenir une lettre ou une dépêche !! — Eh! quoi, monsieur, vous quittez l'hôtel à cinq heures du soir, en annonçant que vous rentrerez de bonne heure, et pendant quatre jours vous ne reparaissez plus !! — Je commençais à vous croire tombé dans quelque guet-apens !!

— Une circonstance qu'il m'était impossible de prévoir a causé l'absence dont vous vous étonniez à bon droit... — répliqua Georges avec un peu d'embarras.

— Sans doute vous avez été malade... — continua l'employé. — Votre mine était toute différente quand vous êtes arrivé ici...

— J'ai été un peu souffrant en effet, mais je vais mieux... Je vais même tout à fait bien...

— On est venu s'informer de vous, monsieur...

— S'informer de moi? — répéta l'officier avec stupeur.

— Parfaitement, et très-souvent...

— Qui donc?...

— Plusieurs personnes, dont aucune n'a laissé son nom... — Un grand monsieur d'abord, maigre et décoré, puis des gens de mine médiocre... ils questionnaient beaucoup sur votre compte... Naturellement, moi, je n'avais rien à leur répondre... — Ce soir même, il n'y a pas deux heures, on vous a demandé encore... Peut-être reconnaîtrez-vous le visiteur en vous le décrivant... Trente-cinq ou trente-six ans environ, mince, habillé de noir, taille moyenne, plutôt petite que grande, teint pâle, cheveux noirs, ni favoris ni moustaches... un pince-nez à poste fixe... — Une tête d'acteur...—Très-poli du reste...— Connaissez-vous ça, monsieur?...

— Je ne crois pas... — Ce portrait du moins ne me rappelle rien...

Georges Pradel disait vrai.

Il ne pouvait juger de la ressemblance du portrait d'un inconnu.

Nos lecteurs, eux, ont reconnu Jobin.

— Vous aviez abandonné votre valise ouverte... — poursuivit l'employé, — et aussi votre uniforme... — Tout cela, comme bien vous pensez, est en lieu sûr... — Allez-vous reprendre, monsieur, ce qui vous appartient?...

— Sans doute, mais rien ne presse... Je passerai la nuit ici!...

— Le numéro 104 est occupé depuis le surlendemain de votre départ... Monsieur votre oncle ne l'ayant retenu que pour quarante-huit heures, nous avons cru pouvoir en disposer.

— Et vous avez eu bien raison... — Le n° 104 est trop grand, et surtout trop cher pour moi... — La plus petite chambre de l'hôtel me suffira...

— Très-bien, monsieur... On va porter votre valise au trois cent quarante... Désirez-vous y monter sur-le-champ?...

— Oui, sur-le-champ... — J'ai besoin de repos...

— On va donc vous conduire... et bonne nuit, monsieur... — Ah! un mot encore, s'il vous plaît... — Dans le cas où le visiteur de ce soir, le personnage au pince-nez, reviendrait vous demander, faudrait-il lui répondre que vous êtes de retour?

— Sans doute.

— Et, s'il insistait pour vous voir, faudrait-il le mener à votre chambre?...

— Pourquoi non? — Ce monsieur a certainement quelque chose à me dire, et je le recevrai quoique je ne sache qui il est...

Un quart d'heure plus tard Georges Pradel se mettait au lit après avoir fermé intérieurement la porte d'une chambre qui ne rappelait ni par ses dimensions, ni par son mobilier, le somptueux appartement n° 104 et, à peine couché, il s'endormait d'un sommeil profond et lourd qui ressemblait à une léthargie.

Ce sommeil durait encore à neuf heures du matin.

Il ne fut point interrompu par les rayons d'un joyeux soleil traversant les rideaux de mousseline et venant caresser le visage du jeune homme, mais par deux ou trois coups frappés discrètement contre la porte.

Le lieutenant réveillé en sursaut se souleva, frotta ses yeux, et prêta l'oreille.

On frappa de nouveau et plus fortement.

Le jeune homme sauta en bas de son lit, passa un pantalon et s'en alla, pieds nus, tirer les verrous.

La porte s'ouvrit brusquement. — Un beau vieillard, de haute taille, fit irruption dans la chambre, saisit Georges par les épaules et le pressa de toutes ses forces contre sa poitrine, en s'écriant :

— Ah! cher enfant, comme c'est bon de t'embrasser !... Mais le diable m'emporte si je croyais, en arrivant ce matin, t'embrasser à Paris !!

— Mon oncle! — murmura le lieutenant stupéfait
et enchanté. — C'est vous!... c'est bien vous!!! Que
je suis heureux de vous voir!!

Le nouveau venu était en effet M. Domerat, le richissime armateur qui, grâce à ses lettres, a déjà
joué un rôle important dans ce récit, mais que néanmoins nos lecteurs ne connaissent pas encore.

L'oncle de Georges Pradel, grand et beau vieillard
— nous venons de le dire, — portait gaillardement
le poids de ses soixante-huit ans.

Son visage plein et à peine ridé offrait une remar-
quable expression d'intelligence et de franchise. —
La vivacité juvénile de ses yeux bruns, ombragés par
des sourcils en broussailles restés d'un noir violent,
produisait un contraste très-bizarre avec la blancheur de neige de ses cheveux épais et de ses favoris
touffus.

Ses lèvres un peu épaisses disaient l'exquise bonté
de son cœur, et leur sourire toujours bienveillant
découvrait ses dents intactes.

— Ah çà, mais tu es dans un vrai nid à rats, ici!!
— reprit le vieillard en regardant autour de lui, —
c'est à peine si cette chambre peut nous contenir
tous deux!! — Recouche-toi, garçon... — Tu dor-

mais quand j'ai frappé, c'est facile à voir... — Je vais m'asseoir près de ton lit et nous causerons... — J'en ai long à te dire, cher enfant, et je dois commencer, monsieur le lieutenant, par vous laver la tête d'importance!!

— En vérité, mon oncle? — murmura Georges en souriant.

— Ah! pardieu! je crois bien!! Quelle conduite est la vôtre!! — Certes, je me pique d'indulgence, mais vos agissements, monsieur mon neveu, effaroucheraient un pandour!

— Qu'ai-je donc fait de mal? — demanda l'officier.

— Ce que tu as fait, je l'ignore, mais je sais bien ce que tu n'as pas fait!! — Quand on pense que, tranquille et confiant, je crois, oncle naïf, ce jeune homme à Rocheville, en train de surveiller la dot de sa sœur avec mon brave Landry, tandis que, pas du tout, Monsieur court la prétentaine à Paris!! — Ah! l'on m'en a raconté de belles, ce matin, à mon débotté!! — A peine ici, tu disparais, et pendant quatre jours on n'entend plus parler de toi!! On te supposait assassiné!! — Est-ce naturel, tout ça?... — Voyons, où étais-tu?

— Cher oncle, — balbutia Georges, — je vous supplie de ne pas me le demander...

— Pourquoi donc?

— Parce qu'il me serait impossible de vous répondre...

— Et la raison de cette impossibilité, s'il te plaît?...

Le lieutenant garda le silence.

— Une aventure galante, j'en suis sûr... — poursuivit M. Domerat.

— Supposons que cela soit...

— Cela est! — je te mets au défi de le nier!...

— Eh bien! si l'honneur d'une femme est en jeu, — s'écria Georges Pradel, — le premier devoir d'un galant homme n'est-il pas de se taire? Vous savez cela comme moi, cher oncle!!...

XXI

L'armateur haussa les épaules.

— L'honneur d'une femme!! — répéta-t-il. — Allons, cher enfant, pourquoi me traiter en oncle de comédie! — Que me parles-tu de l'honneur d'une femme? — Tu ne connais personne à Paris, donc il ne s'agit point ici d'une passion sérieuse, mais d'une amourette de hasard, d'un caprice résultant d'une rencontre fortuite! — Or, j'en appelle à ta bonne foi... — Conviens sans te faire prier que la personne, jolie peut-être et facile à coup sûr, qui partage à première vue le sentiment léger qu'elle inspire et donne asile, pendant trois jours au lieutenant Georges Pradel, n'a pas le moindre droit au respect et ne saurait être compromise par une indiscrétion quelconque. — Ai-je raison?...

— Oui, mon oncle, en thèse générale... Mais dans le cas présent, permettez-moi de vous le dire, vous avez tort...

— Sais-tu, morbleu! que tu vas me mettre en colère!!...

— J'en serais au désespoir...

— Et tu persistes néanmoins à ne rien expliquer...

— Hélas! oui...

M. Domerat fit un geste d'impatience et fronça le sourcil, mais presqu'aussitôt un bon sourire revint à ses lèvres.

— Eh bien, garde donc le silence puisqu'on ne peut t'arracher une parole! — répliqua-t-il. — Je t'abandonne à ton entêtement et, en somme, je ne t'en veux pas... — Tu es jeune, que diable! et comme le dit une vieille chanson, la jeunesse n'a qu'un temps! — J'avais un peu trop compté sur toi... Je m'étais figuré qu'au désir exprimé par moi, sans hésiter tu sacrifierais tout... — J'oubliais qu'il suffit d'une femme qui passe pour tourner une cervelle de vingt-cinq ans... — Je suis dans mon tort... N'y pensons plus et parlons d'autre chose...

Georges respira comme un homme soulagé d'un grand poids et serra la main de l'armateur.

— Es-tu libre au moins, maintenant? — reprit ce dernier.

— Libre comme l'air...

— Rien ne t'empêche de quitter Paris?

— Absolument rien.

— A la bonne heure! — Alors habille-toi... — Nous allons déjeuner... — Nous irons ensuite chercher ta sœur qui sera bien heureuse de te voir, la chère mignonne... — Nous la promènerons sur les boulevards, nous dînerons de bonne heure au café Anglais, nous partirons ce soir pour Rouen où j'ai une affaire à régler demain matin, et nous serons à Rocheville dans l'après-midi par la patache de Malaunay... — Tout cela te convient?

— Certes, mon oncle!!...

— A merveille! — Je vais écrire à Jacques Landry pour qu'il soit prêt à nous recevoir... — Il a dû être bien surpris et bien désappointé, Jacques Landry, et ma filleule Mariette encore plus, en ne te voyant point paraître après une lettre qui t'annonçait! — Nous passerons quinze jours là-bas et, s'il plaît à Dieu, l'air de la campagne te fera du bien, car je vous assure, mon lieutenant, que vous avez une triste mine...

Georges Pradel ne répondit pas.

Il savait à quoi s'en tenir sur son visage de déterré, et d'ailleurs il ne se sentait remis que d'une façon bien incomplète encore.

Ainsi que venait de le lui demander son oncle, il

10.

s'habilla sans perdre une minute, tandis que M. Domerat regagnait son appartement pour en faire autant de son côté.

La barbe du jeune homme, — une barbe de quatre jours, — tomba sous le rasoir du coiffeur de l'hôtel. — Ses longues moustaches blondes, dont les pointes éplorées effleuraient son menton, s'ébouriffèrent de nouveau et sa figure sembla moins défaite.

Il était prêt quand son oncle reparut.

Un ample déjeuner, arrosé de deux bouteilles d'un grand vin de Bordeaux et succédant à une nuit de profond sommeil, lui rendit presque complétement ses forces.

En même temps que la faiblesse physique diminuait, la profonde tristesse dont nous connaissons la cause perdait un peu de son amertume. Une lueur d'espérance atténuait le sombre découragement de Georges, et l'idée qu'il ne tarderait pas beaucoup peut-être à revoir Léonide Metzer se présentait à son esprit sans qu'il tentât de la repousser.

En sortant de table, l'oncle et le neveu montèrent en voiture et M. Domerat donna l'adresse du pensionnat des Ternes où il avait conduit sa nièce au moment de son brusque départ pour Marseille.

Léontine Pradel était convaincue que l'absence de son oncle durerait au moins huit jours, et croyait son frère en Normandie.

En les voyant à l'improviste tous les deux, au parloir, la jeune fille poussa un cri, se jeta au cou de Georges en pleurant de joie, puis embrassa M. Domerat avec l'effusion de tendresse véritablement filiale que l'excellent homme méritait.

Nous savons déjà que Léontine, beaucoup plus jeune que son frère, atteignait tout au plus sa dix-huitième année.

Elle semblait en avoir seize à peine.

C'était une jolie et gracieuse enfant, de petite taille mais admirablement bien faite, et aussi brune que Georges était blond.

Sa chevelure prodigue, sombre autant que l'aile du corbeau, relevée et tordue très-haut, coiffait sa tête charmante comme un casque d'ébène. — Ses grands yeux étincelaient sous leurs longs cils comme des diamants noirs, mais la vivacité de leur regard n'en excluait point la douceur. — Tout rayonnait et tout souriait dans le visage de Léontine, depuis ses lèvres de corail humide jusqu'aux mignonnes fossettes de ses joues teintées de rose.

— Cher oncle, — dit-elle après les premières tendresses échangées, — partons vite, je vous en supplie!... — On s'ennuie tant en pension, quand on en a perdu l'habitude... — Et je ne suis plus une pensionnaire, moi!... Oh! non! — Je suis une grande fille!...

Avons-nous besoin d'ajouter que M. Domerat ne la laissa point languir.

L'après-midi passa comme un éclair.

L'armateur millionnaire ne faisait jamais les choses à demi.

Destinant à sa nièce la terre et le château de Rocheville, il voulait que ce présent fût un cadeau digne de lui. — En conséquence il se proposait de remeubler entièrement l'habitation, avec tout le luxe du comfort moderne.

Il conduisit donc Léontine et Georges dans une foule de magasins et chez un grand nombre de tapissiers et, sous prétexte de consulter la jeune fille pour lui-même, il lui fit choisir, selon son propre goût, des étoffes et des formes de meubles.

Selon le programme adopté le matin même on se mit à table un peu avant six heures, au café Anglais, et là on s'attarda si bien qu'il devint impossible de partir par l'express de huit heures, et qu'il fallut se contenter du train-poste de dix heures cinquante, moins rapide et par conséquent moins commode ; — mais, pour le court voyage de Paris à Rouen, la chose était de peu d'importance.

M. Domerat, Léontine et Georges, — en avance cette fois, — arrivaient à la gare à dix heures précises et, tandis que l'armateur prenait les tickets au guichet, la jeune fille, au bras de son frère, se promenait gaiement dans la salle des Pas-Perdus.

Vers la fin de la première partie de ce livre nous avons entendu Jobin donner rendez-vous à jour et à heure fixes à Paris, à Sidi-Coco le ventriloque, qui restait en Normandie pour assister aux funérailles de Mariette et de Jacques Landry.

— A huit heures vous me trouverez à la gare... — avait-il ajouté.

Or, en parlant ainsi, il s'était trompé.

Le train amenant l'ex-zouave n'arrivait qu'à neuf heures cinquante.

Quand Jobin s'aperçut de son erreur il était trop tard pour la réparer. — Il prit son parti ; il attendit dans un café voisin en lisant les journaux du soir, et comme sa qualité d'agent de la sûreté lui permettait d'entrer partout, il fit son apparition sur le quai d'arrivée au moment où on signalait l'approche du train.

Le ventriloque fut exact.

Le policier lui serra la main.

— Venez avec moi, — lui dit-il ensuite, — je me charge de vous loger cette nuit...

Un commissionnaire chargea sur son dos la malle de Sidi-Coco, et les deux hommes gagnèrent la salle où nous avons vu Raquin attendre Passecoul et où le neveu de l'armateur se promenait avec Léontine.

Le lieutenant et l'ex-zouave se trouvèrent tout à

coup face à face, à la minute précise où M. Domerat rejoignait le frère et la sœur.

Georges reconnut du premier coup d'œil son ancien compagnon d'Afrique et poussa une exclamation joyeuse.

— Anthime Coquelet !! — s'écria-t-il. — Mon brave Sidi-Coco !! Quel étonnant hasard et quelle heureuse chance de vous rencontrer ici !!...

Il ajouta, en se retournant vers M. Domerat :

— Mon oncle, je vous présente le soldat héroïque qui là-bas, en Afrique, s'est jeté entre moi et les balles ennemies ! — Il faut l'aimer, mon oncle ! il faut l'aimér pour l'amour de moi ! — Il m'a sauvé la vie !! — Sans lui vous n'auriez plus de neveu !

En disant ce qui précède Georges Pradel voulut prendre et serrer la main de Sidi-Coco.

Ce dernier recula vivement avec une expression d'horreur.

— Oui, c'est vrai, — répliqua-t-il d'une voix sourde et menaçante, — c'est vrai, je vous ai sauvé la vie !! — Ah ! si j'avais su !! — Dieu du ciel, ce n'est point sous les balles arabes que vous seriez tombé !! J'aurais frappé moi-même !! Mais je ne savais pas !! non, je ne savais pas !! et je vous ai sauvé !!

Jobin, touchant le coude du ventriloque, lui demanda tout bas :

— Est-ce lui ?

Sidi-Coco fit un signe affirmatif.

Alors le policier s'approcha du lieutenant stupéfait, et le saluant avec une exquise politesse lui dit :

— Si je ne me trompe, monsieur, vous vous nommez Georges Pradel, et vous êtes officier aux zouaves.

— Je me nomme en effet Georges Pradel, et je suis officier... — Pourquoi cette question?

— Parce qu'il me faut remplir un pénible devoir... — J'appartiens à la brigade de sûreté et je vous arrête au nom de la loi... — Voilà le mandat.

Le lieutenant passa la main sur son front d'un air égaré.

— Ou je rêve, ou je deviens fou... — murmura-t-il presque à voix haute.

Léontine, pâle comme une morte, poussa un sourd gémissement et tomba sans connaissance dans les bras de son oncle à qui cette scène étrange faisait l'effet d'un cauchemar...

XXII

Dans le courant du mois de novembre 1873, par conséquent dix ou onze mois avant l'époque où se passaient à Paris et en Normandie les faits dont nous nous sommes constitué le véridique historien, une quinzaine de jeunes officiers de toutes armes, réunis dans une salle particulière du *Café d'Apollon* situé au coin de la place Mahon, à Alger, fêtaient autour d'un vaste bol de punch la bienvenue d'un camarade de Saint-Cyr, arrivé la veille en Afrique avec le grade de lieutenant.

Ces jeunes gens avaient dîné ensemble, et fort bien dîné, à la pension militaire de l'*hôtel du Gastronome*, rue Charles-Quint ; une conversation joyeuse, animée et même un peu bruyante, succédait à de nombreux toasts.

Nous n'étonnerons pas beaucoup nos lecteurs en affirmant que cette conversation, d'où la politique était rigoureusement bannie, roulait d'une façon presque exclusive sur les femmes et sur l'amour.

On mettait le nouveau venu au courant des ressources galantes de la ville d'Alger et l'on contait une foule d'anecdotes, dont la moins scabreuse l'était encore trop pour qu'il nous soit possible de la répéter.

On citait les noms des aimables personnes qui ne faisaient point profession d'une vertu trop farouche.

Des discussions très-vives, mais toujours amicales, s'élevaient au sujet des charmes de ces dames, exaltés par ceux-ci, contestés par ceux-là ..

Les uns décernaient la classique pomme du jugement de Pâris à la Judic et à la Théo du théâtre d'Alger.

D'autres proclamaient la supériorité plastique de deux chanteuses de café-concert.

La dame de comptoir du café de la Bourse avait ses partisans.

Les trois sœurs Mauresques vendant du corail et des sourires dans leur petite boutique de la place du Gouvernement ne manquaient point de chevaliers.

Bref les opinions les plus contradictoires, se

refusant mutuellement la moindre concession, ne
semblaient pas près de s'entendre.

— Messieurs... — fit un officier de turcos, — je
vais vous mettre tous d'accord...

Un brouhaha d'incrédulité accueillit ces paroles.

— La plus jolie femme d'Alger, — continua l'officier, — est sans contredit la maîtresse d'un de nos.
camarades que les nécessités du service éloignent de
nous en ce moment, mais qui ne tardera guère, je
crois, à venir nous rejoindre.

— Les noms !... Le nom de la femme ?... Le nom
du camarade ? — demandèrent plusieurs voix.

— Cette femme est la juive Rébecca, et son amant
est Georges Pradel...

L'officier de turcos avait eu raison d'affirmer, car
l'opinion qu'il venait d'émettre ne rencontra pas de
contradicteur sérieux.

— Il est certain que Rébecca est merveilleusement
belle... — répliqua l'un des jeunes gens. — C'est
incontestable et c'est indiscutable. — Mais la prodigieuse beauté de cette grande fille me paraît, à moi,
plus effrayante qu'attractive... — La régularité
inouïe de ses traits, la pâleur de son teint, l'indo-
lence de ses mouvements lui donnent l'air d'une
statue parfaite, mais enfin d'une statue... — Ses
lèvres pourpres, tranchant sur son visage mat, sem-
blent teintes de sang... — Ses yeux sont trop

grands, trop noirs, trop profonds... ils me font peur...

— « Les raisins sont trop verts et bons pour des goujats !! » — s'écria un sous-lieutenant avec un long éclat de rire... — Les yeux de Rébecca vous sembleraient-ils encore trop grands, trop noirs et trop profonds, si elle vous priait d'y mirer les vôtres ?... —• Permettez-moi d'en douter, mon très-cher, et de croire fermement que si l'étonnante juive vous invitait à. remplacer auprès d'elle Georges Pradel, vous le remplaceriez sans la moindre épouvante... — Est-ce vrai ?...

— Ma foi, non... — répondit le jeune homme interpellé de cette façon. — Je vous répète que, tout en rendant pleine justice à la beauté de Rébecca, cette beauté ne me trouble point... — La juive, en outre, serait une maîtresse impossible pour moi... Elle coûte les yeux de la tête à Georges Pradel !!

— C'est exact... — firent en chœur les officiers.

— J'ai connu Georges Pradel en sortant de l'école, — dit le lieutenant dont on fêtait la bienvenue. — C'était un très-charmant garçon, mais il ne passait pas pour riche...

— Il ne l'est pas non plus...

— Eh bien, alors ?

— Mais il possède un oncle millionnaire et généreux.— Un véritable oncle d'Amérique, quoiqu'il ne soit que de Normandie... — Cet oncle se manifeste fréquemment sous forme de lettres chargées et fait à notre camarade un traitement de général... — Ceci vous explique les largesses galantes du lieutenant.

— Je dois ajouter, pour votre gouverne, qu'Alger n'est point Paris et que la juive Rébecca, qui joue ici le premier rôle parmi les pieuvres de la plus dévorante espèce, n'a pour tout état de maison qu'une simple servante, et se contente d'une subvention dont la moindre cocotte parisienne ne ferait qu'une bouchée...

— Georges Pradel aime-t-il cette fille ?

— Je n'en sais rien... — Depuis cinq ou six mois il ne la quitte guère, mais peut-être apporte-t-il dans cette liaison plus d'amour-propre que d'amour... — Il tient surtout à sa maîtresse, je crois, parce que cette maîtresse, comme l'a dit notre ami Ménard, est la plus belle personne d'Alger...

— Et notre ami Ménard se trompe !! — s'écria un officier qui venait de franchir le seuil et qui avait entendu les nouvelles phrases. — Il existe à Alger une femme dont Rébecca ne serait pas digne d'être la servante... C'est moi qui vous l'affirme, et l'expérience en ces matières délicates ne me fait point défaut...

— Quelle est cette femme, baron ? — demandèrent toutes les voix.

— Je ne sais pas... — répondit le baron de Tour-nade ; ainsi se nommait l'officier.

Un éclat de rire général accueillit cette réponse.

— Non, je ne le sais pas, — reprit le nouveau venu, — mais soyez certains que je le saurai... Je découvrirai mon inconnue, quand je devrais pour cela fouiller l'une après l'autre toutes les maisons de la ville...

— Enfin vous l'avez vue, cette merveille ? — fit l'officier de turcos qui s'appelait Paul de Ménard.

— Je l'ai vue, mais à peine...

— Où ?

— C'est une histoire...

— L'histoire ! l'histoire ! On réclame l'histoire !

— Elle est bien simple et nullement romanesque... — Enfin, telle qu'elle est, la voici : — La semaine dernière j'étais à Blidah, chargé d'une mission... — Cette mission accomplie, je revins par la diligence. — Je me trouvais dans le coupé, en compagnie de deux femmes. — L'une d'elles portait une toilette simple, mais d'une coupe et d'une élégance incontestablement parisiennes... — La grâce et la souplesse de sa taille disaient qu'elle était jeune. — Un parfum faible et pénétrant, que je n'oublierai jamais, s'exhalait de toute sa personne...

— Mais son visage ? son visage ?...

— Hermétiquement voilé, comme celui des filles

arabes, sous un tissu de mousseline de soie... — Je me
dis : — « La taille est jolie, elle la montre... — la figure
est laide, elle la cache. » — Jamais raisonnement ne
fut plus logique en apparence'! — L'autre femme,
placée entre la voyageuse et moi, était une mulâtresse, servante de la première. — Pendant les trois
quarts du voyage je ne m'occupai guère ni de l'une
ni de l'autre, d'autant que la maîtresse, à qui j'avais
à deux ou trois reprises adressé quelques paroles
polies, ne me répondait qu'à peine, d'une voix très-
basse et avec une contrainte manifeste.

« Nous approchions d'Alger, — le soir était venu,
— le soleil se couchait dans des nuages couleur de feu.

« La diligence avait traversé les plaines de la Mitidja
et gravissait lentement les pentes escarpées d'Ouled-
Mandel.

« Une brise assez forte soulevait des tourbillons
de poussière sous les pieds des chevaux et sous les
roues de la voiture.

« Soudain une sorte de clameur plaintive, — le
cri de quelque chacal blessé sans doute, — se fit entendre tout près de nous, sur la droite.

« Ma compagne de voyage se pencha machinalement hors du cadre de la portière.

« Un tourbillon de vent s'engouffra sous son voile,
le tordit, le rejeta sur son chapeau, et il fallut
quelques secondes à ses deux petites mains pour ré-

parer ce désordre et pour réduire à l'obéissance le
tissu rebelle...

« Pendant ces quelques secondes j'avais vu le
visage, ce visage qu'une minute auparavant je ca-
lomniais comme un sot !! — Un visage exquis !! incomparable !... — Une tête d'ange blond aux yeux
bleu foncé !...

« Je n'essayerai même pas, mes amis, de vous
donner une idée de cette tête... — Pour en venir à
bout il faudrait être poëte ou peintre, et je ne suis
ni l'un ni l'autre... — Seulement, — continua le
baron de Tournade en appuyant la main sur le côté
gauche de sa poitrine, — ces traits divins sont gravés
là et ne s'effaceront plus !

« Vous devez bien penser qu'à partir de ce moment je fis tout au monde pour nouer un entretien
quelconque.

« Mes tentatives aboutirent à l'insuccès le plus
complet. — La voyageuse, je vous l'ai dit, ne
m'avait que fort peu répondu jusqu'alors... — Elle
ne me répondit plus du tout... sans impolitesse
cependant, mais ne m'accordant pour toute ré-
plique que de très-rares monosyllabes...

« Je ne m'en inquiétais guère, et je pensais : —
« Vous aurez beau faire, madame, vous ne pourrez
m'empêcher de vous suivre... Je saurai malgré vous
qui vous êtes, et le vautour peut aiguiser son bec et

ouvrir ses puissantes serres quand il connait le nid de la colombe... »

« Nous arrivâmes... — Il faisait nuit noire... — Ma valise à la main j'attendais, prêt à prendre chasse, quand un bras se passant sous le mien me fit tressaillir...

« Je me retournai brusquement...

« Hélas ! le bras qui daignait me donner une preuve si manifeste de familiarité bienveillante était celui d'un supérieur.

« Je frissonnai de la tête aux pieds ! — Impossible de m'écrier : — « Mon colonel, lâchez-moi, s'il vous plaît... — Il y a là une femme à suivre... » C'eût été fort inconvenant et même un peu cynique.

« Je me résignai donc et je rendis compte en fort bons termes de la mission dont j'avais été chargé.

« Quand j'eus fini, on remisait la diligence et les deux femmes étaient envolées...

« J'avais perdu la piste... — Mais ce n'est que partie remise... — Je la retrouverai !! »

Le vicomte de Tournade achevait ce court récit. — La porte s'ouvrit de nouveau et Georges Pradel, accueilli par un *hourrah* chaleureux de tous les officiers, fit son entrée dans la salle réservée.

XXIII

Il existait de notables différences entre le Georges Pradel présenté par nous à nos lecteurs dans la gare du chemin de fer de Lyon, au mois de septembre 1874, et le Georges Pradel franchissant le seuil du café d'Apollon, au mois de novembre 1873.

Le visage du lieutenant n'offrait point, à cette époque, l'expression rêveuse et triste que nous avons signalée, et respirait au contraire la gaieté, l'insouciance, le bonheur de vivre.

Difficilement en effet on aurait pu trouver une destinée plus complétement heureuse que celle du jeune homme.

Il adorait son métier de soldat. — Sa vive intelligence, sa constante égalité d'humeur, l'indiscutable

11.

bravoure dont il avait déjà donné plus d'une preuve, lui valaient l'estime de ses chefs, les sympathies de ses égaux, l'affection de ses inférieurs.

Les épaulettes de capitaine et le ruban rouge ne pouvaient se faire attendre longtemps.

Le manque absolu de fortune, si pénible pour un grand nombre d'officiers à qui elle impose de rudes privations, était, grâce à son oncle, sans importance pour lui.

La tendresse libérale de M. Domerat rendait sa vie facile et large et lui donnait le droit de ne se point préoccuper de l'avenir.

Il avait un cheval de selle pour ses excursions dans les campagnes d'Alger, et pouvait même se permettre le luxe dispendieux d'une maîtresse.

Ainsi que nous l'avons entendu dire fort sagement à l'un de ses camarades, l'amour-propre tenait beaucoup plus de place que l'amour dans sa liaison avec Rébecca.

La splendide beauté de la juive flattait sa vanité, mais cette fille sans éducation, sans intelligence et sans âme, laissait son cœur parfaitement calme.

Ce qui ne l'empêchait point de faire des folies pour une maîtresse que beaucoup de rivaux lui disputaient et qui, à tort ou à raison, passait pour lui être à peu près fidèle.

Tout l'argent qu'il recevait de M. Domerat — et

même un peu plus, — passait dans les mains de Ré-becca, créature prodigue et *gâcheuse*.

Elle excédait bien souvent le jeune homme, qui se reprochait alors sa faiblesse, se jurait de rompre, ne rompait pas, et gardait la juive uniquement dans la crainte d'entendre chuchoter sur son passage :

— On la lui a prise!...

Combien de viveurs parisiens, traînant le boulet des Phrynés célèbres, sont dans une position exactement semblable à celle de Georges Pradel!

Nous n'aurions à coup sûr que l'embarras du choix s'il en fallait citer des exemples frappants.

Après un cordial échange de poignées de main, et lorsque le lieutenant eut renouvelé connaissance avec son ancien camarade de l'École militaire, Paul de Ménard, que les fumées du punch animaient un peu plus que de raison, s'écria :

— Si le proverbe est vrai, les oreilles ont dû singulièrement vous tinter tout à l'heure, mon cher Georges!

— Pourquoi donc? — demanda le nouveau venu.

— Parce qu'on vient de parler longuement de vous...

— En vérité! — reprit Georges en riant. — Puis-je savoir ce qui valait à ma modeste personne le grand honneur de vous occuper ainsi?...

— Vous n'étiez en jeu que par ricochet. — Il s'agissait surtout d'une dame qui vous intéresse...

— Une dame?... — répéta le jeune homme avec
un léger froncement de sourcil. — Quelle dame?...

— L'incomparable Rébecca, parbleu!!

— Et que disait-on de Rébecca? Je suis fort désireux de l'apprendre; car, en effet, cela m'intéresse...

— On n'en disait aucun mal, rassurez-vous... —
Je la déclarais sans rivale parmi les jolies femmes
de la ville, je la couronnais reine de beauté, en chef
et sans partage...

— Merci pour elle!!

— Tous ces messieurs étaient de mon avis, — continua Paul de Ménard, — quand notre ami le baron
de Tournade, révolutionnaire s'il en fut, a réclamé la
déchéance de la reine...

— M. de Tournade était dans son droit, Rébecca
n'ayant point le bonheur de lui plaire... — répliqua
Georges non sans quelque sécheresse.

— Pardon, mon cher! — fit vivement le baron, —
ce diable de Ménard rend fort mal ma pensée... — Il
faudrait être aveugle pour nier la beauté de votre
amie, et grâce au ciel je ne le suis point! — J'ai simplement placé sur une autre tête le diadème qu'on
décernait à la sienne... — On la proclamait la première entre les plus belles... — J'ai soutenu qu'elle
n'était que la seconde, et je le soutiens encore, ce
qui n'a rien de blessant pour elle...

Georges Pradel allait répondre.

Paul de Ménard, sur qui le punch agissait de plus en plus, ne lui en laissa pas le temps.

—Tournade,—s'écria-t-il,—n'a point la tête saine... mais il y a dans sa douce folie des circonstances atténuantes... — Il faut vous dire que ce pauvre baron est tombé foudroyé d'amour pour une femme qu'il ne connaît pas, que personne n'a jamais vue, et c'est à cette merveille inédite qu'il décerne la priorité... — Voici d'ailleurs le roman de sa passion...

Et le jeune homme, reprenant en sous-œuvre le récit que nous connaissons, narra brièvement l'histoire de la rencontre en diligence, et le fit avec tant de comique et une verve si grande que ses auditeurs ne purent garder leur sérieux.

Georges Pradel et M. de Tournade partagèrent l'hilarité générale.

— Eh bien! mais, baron, — dit le lieutenant en riant toujours, — je ne vois plus entre nous de désaccord possible... — Que parlait-on de priorité?... Il faut ici deux sceptres et deux couronnes... — A votre voyageuse la royauté des yeux bleus et des cheveux d'or... — A Rébecca le diadème des yeux noirs et des cheveux d'ébène... — Baron, je vous souhaite bonne chance... — Retrouvez au plus tôt la mystérieuse idole voilée et montrez-nous son charmant visage! — J'applaudirai votre bonheur sans en être jaloux. — Je n'aime que les brunes!! Ce qui ne m'empêche pas de porter un toast à la blonde inconnue! — Faites-moi raison, messieurs!!

Tous les verres furent remplis et vidés à la fois, et les officiers s'écrièrent avec un ensemble parfait :

— A la santé de la blonde inconnue!...

Ce léger différend, qui par suite de l'imprudent bavardage de M. · de Ménard pouvait amener une querelle entre deux jeunes gens portant l'épée, se trouvant terminé d'une façon toute courtoise, Georges Pradel s'approcha d'un officier avec lequel il était étroitement lié, et lui prenant le bras l'emmena un peu à l'écart.

Cet officier, fils d'un riche commerçant de Rouen, se nommait Achille Darcourt.

Georges et lui étaient du même âge. — Ils avaient vécu côte à côte au collége et à Saint-Cyr, et le hasard les réunissait encore en Afrique, mais dans des régiments différents.

— Achille, — dit le neveu de M. Domerat, — j'ai un service à te demander...

— Tant mieux... De quoi s'agit-il?

— J'ai besoin d'argent...

— Ah! diable!...

— Et j'en ai besoin tout de suite... c'est-à-dire d'ici à deux jours...

— Je mets cinq ou six louis à ta disposition... —
Ils sont dans ma poche... — Les veux-tu?

Georges secoua la tête.

— Cinq ou six louis ne me suffiraient pas... —
fit-il.

— C'est donc une grosse somme qu'il te faut?

— Mille francs, au moins...

Le jeune Darcourt se mit à rire.

— Mille francs! — répéta-t-il — et tu as compté
sur moi!! — Je te croyais plus de sérieux dans l'esprit!! — Où diable veux-tu que je prenne une semblable tranche du Pérou?... Tu sais bien cependant
que mon brave homme de père, malgré ses millions
entassés, me tient à la portion congrue et se croit
généreux jusqu'à la prodigalité parce qu'il m'expé-
die chaque mois, comme supplément de solde et
pour mener la grande vie, douze louis et demi... —
Un autre père enverrait quinze louis, n'est-ce pas? Ce
qui ferait un compte rond!... — Le mien se com-
plaît dans cette fraction... Explique cela si tu
peux...

— Je n'ai jamais eu l'idée folle de t'emprunter cet
argent... — répliqua Georges.

— Eh bien! alors?...

— J'ai pensé seulement que, connaissant la ville
beaucoup mieux que moi, tu pourrais m'indiquer un
capitaliste complaisant qui, moyennant une honnête

prime, me viendrait en aide à courte échéance...

— Tranchons le mot : un usurier !

— Le nom ne fait rien à la chose... Peu m'importe le taux usuraire... — Nous touchons à la fin de décembre... — Mon oncle Domerat ne manque jamais, quand approche le jour de l'an, de mettre à la poste du Havre une lettre à mon adresse notablement chargée... — Donc j'ai la certitude absolue de rembourser avant six semaines le capital et les intérêts...

— Alors, pourquoi diable emprunter? — Vis sur ton crédit pendant ces six semaines...

— Impossible !

— Je te prouverai le contraire quand tu voudras...

— Parce que tu ne connais pas la situation... — J'ai besoin d'un bijou qu'il faut payer comptant... — Comprends-tu ?...

— Un bijou pour Rébecca?

— Oui.

Achille Darcourt haussa les épaules.

— Eh bien, promets-le lui, ce bijou... — Elle peut attendre, j'imagine...

— Si je ne le lui donne après-demain, je sais quelqu'un qui le lui portera dans trois jours...

— Ah bah ! qui donc?

— Richard Elliot, le banquier de la rue Bab-el-Oued... — Il s'est toqué de Rébecca et veut me la

souffler... — S'il y parvient je le souffletterai publiquement, je me battrai ensuite avec lui, l'un de nous
deux tuera l'autre et tu vois d'ici le scandale!...

— Et tu ne reculeras pas devant un tel scandale
pour une femme que tu n'aimes plus... en supposant
que tu l'aies jamais aimée ce qui me paraît fort douteux?...

— Je ne reculerai devant rien... — L'amour-
propre est en jeu! Un officier ne doit pas être sup-
planté par un bourgeois!!

— Parole d'honneur, c'est de la démence; Georges,
tu m'affliges!!

— Je ne te demande pas une morale dont je n'ai
que faire, mais le nom d'un prêteur d'argent qui
m'est indispensable...

— C'est juste...

Achille Darcourt tira de sa poche un minuscule
portefeuille à reliure d'ivoire et consulta l'une des
pages.

— On m'a parlé, — dit-il ensuite, — d'une sorte de
Prussien manieur d'argent, arrivé ici depuis quelques mois et toujours prêt aux affaires louches...
— Je ne le connais point, d'ailleurs... — On le prétend très-dangereux.

— Dangereux ou non, que m'importe? — Comment s'appelle-t-il, ton Prussien?

— Daniel Metzer...

XXIV

Georges Pradel à son tour tira de sa poche un portefeuille et écrivit sur une page blanche le nom que son ami venait de prononcer.

Puis il reprit :

— Maintenant, il me faut l'adresse. — Où demeure-t-il, ce Daniel Metzer ?

Achille Darcourt consulta de nouveau son agenda et répondit :

— Rue Bab-Azoun, n° 7.

— Merci du renseignement... — Dès demain il aura ma visite...

— Ai-je besoin d'ajouter que si cet homme exige une caution pour conclure l'affaire, ma signature est à tes ordres, quoique l'usage auquel tu destines l'argent emprunté n'ait pas du tout mon approbation.

— Ah! parbleu! il n'a pas la mienne non plus! — fit Georges en riant. — Il s'agit d'une folie; je le sais bien, et d'une folie froidement faite; mais que veux-tu? j'ai beau me raisonner, je ne battrai point en retraite devant un pékin, tant qu'il me sera possible de faire autrement.

— Bonne chance, alors, et compte sur moi.

— Merci de nouveau... j'y compte...

Le lendemain, dans la matinée, Georges Pradel prit le chemin de la rue Bab-Azoun, l'une des plus anciennes d'Alger et l'une de celles, par conséquent, où se retrouvent encore les vestiges pittoresques du vieux nid de pirates.

En arrivant en face du logis désigné, il n'eut ni la peine de sonner, ni celle de frapper.

La porte s'ouvrit devant lui, une mulâtresse sortit de la maison.

Elle allait refermer derrière elle.

Georges ne lui en laissa pas le temps.

— Monsieur Daniel Metzer? — lui demanda-t-il.

— Li, maître à moi... — répondit la servante en son jargon.

— Est-il chez lui?

— Li, pas sorti...

— Puis-je le voir?

— Vous, entrer, si voulez bien... moi, prévenir maître, joli militaire attendre li... et maître veni tout de suite...

La mulâtresse s'effaça pour laisser passer le jeune officier, que l'épithète : *Joli militaire* avait fait sourire malgré lui.

Il franchit le seuil et se trouva dans une cour quadrangulaire dont une galerie mauresque soutenue par de frêles colonnettes formait trois côtés.

Quelques arbres donnaient un peu d'ombre à cette cour.

Un filet d'eau, jaillissant d'une vasque de granit rose et retombant dans un bassin, produisait un agréable murmure et promettait un semblant de fraîcheur aux heures torrides de l'après-midi.

— Eh bien, mais, — pensa le neveu de M. Domerat en se dirigeant vers le corps de logis carré dont la cour était en quelque sorte le vestibule, — il n'a pas été maladroit, ni de mauvais goût, ce Prussien, dans le choix de son habitation...

La mulâtresse passant la première fit traverser au jeune homme deux ou trois salles du rez-de-chaussée et le laissa dans une pièce étroite dont les murailles étaient blanchies à la chaux et qui n'avait pour tout meuble qu'un petit divan.

— Vous, patience... — lui dit-elle, — vous asseoir,

si voulez bien... — maître à moi veni bientôt... sitôt saura vous l'attendre....

Et elle sortit.

Georges resté seul suivit le conseil de la servante, s'assit sur le divan dont l'élasticité lui parut tout au moins contestable, et se mit à chercher en quels termes il présenterait sa demande d'emprunt, quand il serait reçu par le faiseur d'affaires.

En ces matières délicates la réussite ou l'insuccès tiennent souvent à fort peu de chose, et le lieutenant voulait réussir.

Il fut tiré de sa préoccupation par le bruit de deux voix échangeant dans quelque pièce voisine des paroles brèves et heurtées.

Une, et peut-être deux portes closes ne lui permettaient pas de saisir les phrases et d'en comprendre le sens ; mais il percevait d'une façon nette les intonations des voix.

La première, évidemment féminine, était émue, tremblante, et suppliait ; — on sentait, — qu'on nous passe cette expression, — que les larmes en mouillaient les cordes.

La deuxième, incontestablement masculine, dure et rauque, avait des grincements de crécelle et des rauquements de fauve.

Cet organe, odieux à l'oreille comme tout ce qui

résonne faux, commandait, menaçait, récriminait, avec violence et avec colère.

De minute en minute, de seconde en seconde, la discussion se faisait plus âpre ; la voix de femme semblait plus brisée ; la voix d'homme prenait des intonations plus farouches.

— Il paraît que ce Prussien est marié, — pensa Georges Pradel, — et que la bonne harmonie ne règne point dans le ménage... — Je ne sais quelle faute a pu commettre la pauvre madame Metzer pour irriter ainsi son mari ; mais, quoi qu'elle ait fait, il est certain qu'elle est moins à blâmer qu'à plaindre ! — Les notes de sa voix éplorée sont harmonieuses et touchantes... je me la figure jolie et digne d'intérêt... — Quant au mari, sans le connaître et rien que sur les sons fêlés qui s'échappent de son gosier, je le déclare un homme exécrable !

En ce moment sans doute une porte intérieure fut ouverte, car les paroles des interlocuteurs invisibles devinrent presque distinctes comme s'ils avaient parlé dans la pièce voisine.

Le lieutenant entendit les phrases suivantes, qui vraisemblablement résumaient l'entretien.

— Enfin, pour la dernière fois, ferez-vous ce que je veux ?

— Pour la dernière fois, je vous supplie de ne plus insister... — J'ai déjà répondu...

— Par un refus, que vous maintenez n'est-ce pas?...

— Il le faut! je le dois !

— Que parlez-vous de devoir?... — Le premier, le seul devoir d'une femme est l'obéissance ! l'obéissance passive ! — Je suis le mari, je suis le maître. — Quand j'ordonne, courbez la tête, et sans discuter, sans réfléchir, soumettez-vous...

— Eh ! monsieur, aucune femme au monde ne s'est montrée plus que moi docile, aussi longtemps que j'ai pu l'être ! — Vous le savez bien...

— Vous l'étiez... Soyez-le donc encore !...

— Je ne peux plus !

— Pourquoi ?...

— Mon honneur est en jeu...

— Votre honneur est le mien ! — Si je ne le trouve point en péril, que vous faut-il de plus ?

— L'aveu de ma conscience...

— Des mots!! des mots!! des mots!! — Mais je ne me payerai pas de mots, je vous en avertis! J'entends que ma volonté soit faite! — Elle le sera! — Il le faut ! Je le veux ! — Obéirez-vous?

— Non !

— Irez-vous où je vous ai commandé d'aller?...

— Je n'irai pas !

— Je vous y traînerai !

— Vous pourrez me tuer, mais m'y traîner, je vous

en défie ! — Je n'aurais qu'à appeler à mon secours
le premier passant, et vous savez bien que l'indigna-
tion publique, aussitôt soulévée, ferait justice de
votre infamie !.

— Ah ! misérable femme !

— Tuez-moi ! Qui vous en empêche?... — Vous
figurez-vous, par hasard, que j'ai peur de mourir?

Après ces paroles, une ou deux secondes de silence, puis un gémissement douloureux, suivi de
ces mots : .

— Vous me faites mal, monsieur... C'est bien
lâche...

Une sorte de grondement retentit, et la voix
d'homme, s'élevant avec un indicible accent de rage,
reprit :

— Allez-vous en ! allez-vous en ! Je vous brise-
rais !

Depuis quelques minutes la situation fausse et pénible du lieutenant devenait intolérable.

A coup sûr, ni M. ni madame Metzer ne soup-
çonnaient la présence d'un témoin dont les oreilles
entendaient ce qu'elles ne devaient point entendre.

Georges Pradel n'avait plus qu'une idée, celle de
s'enfuir avant qu'on ait pu s'apercevoir de son indiscrétion forcée.

Il allait sortir sur la pointe du pied et s'éloigner

de la maison, — sauf à y revenir un peu plus tard dans des conditions moins anormales.

Il ne put accomplir ce projet.

La porte donnant accès dans la pièce où il se trouvait s'ouvrit brusquement, et madame Metzer parut.

En l'un des précédents chapitres de ce récit nous avons décrit la jeune femme ; il nous semble donc inutile de tirer une seconde épreuve d'une photographie à laquelle nous renvoyons nos lecteurs.

Léonide, pâle comme une morte, était haletante d'émotion, d'épouvante, et de douleur aussi, car son mari, dans un accès de rage, venait de lui serrer les poignets à les broyer...

Ses grands cheveux blonds, dénoués, flottaient sur ses épaules et sur sa poitrine. — Des larmes brûlantes tombaient une à une de ses yeux pleins de flammes.

Sa beauté, dont cette situation violente modifiait absolument le caractère, n'en était que plus frappante.

Georges Pradel, stupéfait et ébloui tout à la fois par cette apparition, semblait métamorphosé en statue ; c'est à peine s'il eut la présence d'esprit de saluer, et encore le fit-il très-gauchement.

Madame Metzer, se voyant à l'improviste en face

d'un étranger qui peut-être avait tout entendu, fit un geste de stupeur et de honte, cacha son doux visage dans ses deux petites mains et, sans même rendre au jeune homme son maladroit salut, traversa la chambre et disparut...

XXV

Nous devons à nos lecteurs une explication que nous allons leur donner en quelques lignes.

La mulâtresse, en quittant Georges Pradel, avait la ferme intention de prévenir son maître qu'il était attendu, et sans perdre une minute elle se rendit auprès de lui.

Mais M. Metzer, engagé déjà dans une discussion violente et mis hors de lui-même par la résistance inébranlable de sa femme, ne voulut point écouter la servante et lui intima avec un blasphème l'ordre de le laisser en paix.

Cette fille avait peur de Daniel dont elle connaissait la brutalité.

Elle n'insista point et se retira en se disant tout bas :

— Li pas vouloir entendre moi... — J'annoncerai à li visite de joli militaire quand li sera plus en colère...

Et voilà pourquoi le mari de Léonide, se croyant seul en sa maison, avait laissé libre cours aux transports de sa rage, sans mettre de sourdine aux éclats de sa voix tudesque.

Pendant quelques instants Georges Pradel, immobile et littéralement pétrifié, ne put détacher ses yeux de la porte par laquelle s'était envolée la vision blonde et touchante.

Il venait de recevoir le « coup de foudre » comme on disait dans le langage romanesque du dix-huitième siècle, — et l'expression ne manquait point de justesse, car une seconde et un regard avaient suffi pour que son cœur, cessant de lui appartenir, se donnât tout entier à Léonide.

Il fut tiré de cette sorte d'extase par une seconde apparition, aussi repoussante et vulgaire que la première était touchante et poétique.

L'épaisse et courte personne de Daniel Metzer s'encadrait dans la porte laissée ouverte par sa femme.

Sa figure anguleuse et large, au front déprimé, aux pommettes saillantes, offrait en ce moment une teinte d'un rouge brique uniforme.

Sa barbe épaisse et rousse ne tranchait plus sur le ton enflammé de ses joues.

Ses yeux gris, que la colère rendait étincelants, semblaient lui sortir de la tête.

Plus que jamais il ressemblait à Judas, l'apôtre qui pour trente pièces d'argent trahit son maître et vendit son Dieu.

Il s'arrêta stupéfait sur le seuil en voyant quelqu'un dans une pièce qu'il croyait déserte.

— Qui êtes-vous ? — s'écria-t-il de sa voix rauque et frémissante. — D'où venez-vous ? Que faites-vous ici ?...

— Monsieur... — commença Georges Pradel.

Daniel Metzer ne se possédait plus ; il interrompit le jeune homme et continua avec une sorte de folie furieuse :

— Je vous trouve hardi, savez-vous, d'avoir ainsi pénétré dans ma maison ! ! — Je ne vous connais pas !... Que me voulez-vous ?... Parlez donc ! !

— Mordieu ! monsieur, — répliqua le lieutenant que l'impatience et l'irritation gagnaient, — je parlerai quand vous ne me couperez plus la parole, ce qui, permettez-moi de vous le dire entre parenthèses, n'est rien moins que poli !...

— Est-ce une leçon, cela, monsieur ?

— Prenez-le comme il vous plaira.

— Je suis chez moi, monsieur !... J'y suis maître...

— Raison de plus pour faire acte de courtoisie envers un étranger qu'un motif ignoré de vous amène à franchir votre seuil... — Remarquez d'ailleurs, monsieur, que j'ai l'honneur d'être officier... Ma présence peut donc vous paraître importune, mais ne saurait vous sembler suspecte...

Daniel Metzer jeta les yeux sur les épaulettes et sur l'épée de son interlocuteur et se calma comme par enchantement.

— Excusez-moi, monsieur, — dit-il. — Je méritais la leçon de savoir-vivre que je viens de recevoir, mais j'ai une excuse... — De fâcheuses préoccupations ne me laissent point en ce moment une complète liberté d'esprit. — Votre présence m'a causé, — je vous l'avoue, — une surprise profonde... trop vivement exprimée...

— Et très-naturelle, — dit le lieutenant, — mais ce n'est pas ma faute... — J'étais indiscret bien malgré moi... — Une servante mulâtresse m'a introduit, m'a quitté en m'annonçant qu'elle allait vous prévenir de ma visite, et n'a plus reparu...

— Êtes-vous là depuis longtemps, monsieur?...

— Depuis un quart d'heure à peu près...

— Alors, vous avez entendu ?...

— Beaucoup de choses que j'aurais mieux aimé ne pas entendre... Mais, rassurez-vous, je n'ai rien compris et d'ailleurs, quoique garçon, je sais par ouï dire que les intérieurs les plus unis ne sont point exempts d'orages...

Daniel contraignit sa bouche astucieuse à grima-
cer un sourire qui ressemblait à une contraction
nerveuse.

— Orages passagers et qui ramènent le beau
temps — fit-il d'un ton hypocrite et mielleux. — Madame Metzer est une femme excellente, la meilleure
des femmes, mais d'un caractère obstiné... — Moi
aussi je suis entier dans mes volontés... peut-être
trop... — De là des chocs. — Je conviens que
tout à l'heure ma colère était vive... je demandais
à madame Metzer de faire une démarche toute
simple dont l'importance peut être capitale au point
de vue de mes intérêts... — Eh bien! elle refuse...
et cela sans motifs, ou plutôt ses motifs sont futiles,
absurdes, ridicules et ne méritent pas d'être discu-
tés... — Mais je la convaincrai par la douceur et par
le raisonnement... elle cédera...

— Permettez-moi de vous faire observer, monsieur, — dit Georges Pradel, — que vous me donnez
là des détails...

— Qui ne peuvent que vous fatiguer... C'est absolument juste... — Excusez-moi de nouveau, monsieur, et veuillez m'apprendre quelle circonstance
me procure l'honneur inespéré de votre visite...

— J'ai une affaire à vous proposer, monsieur...

— Alors, si vous le trouvez bon, nous allons passer dans mon cabinet...

— A vos ordres...

Le cabinet de Daniel Metzer formait un contraste bizarre avec cette cour aux arceaux mauresques et à la fontaine jaillissante qu'il fallait traverser pour arriver à la maison.

C'était, dans toute sa prosaïque vulgarité, le cabinet d'un petit huissier de province.

Un bureau d'acajou encombré de paperasses, — un cartonnier dressé contre la muraille, — un fauteuil recouvert de basane verte et muni d'un coussin rond en tissu imperméable gonflé par l'air comprimé, — une caisse de sûreté peinte en bronze, — un coucou suisse accroché au mur, et quatre ou cinq chaises cannées, composaient le mobilier.

Daniel, dont la physionomie avait repris son calme habituel, avança une chaise au visiteur, s'installa dans le fauteuil, et croisant sur son ventre rebondi ses deux courtes mains aux doigts carrés, aux phalanges velues, il dit :

— Maintenant, monsieur, je vous écoute...

L'officier, depuis que l'image de madame Metzer s'était emparée de son cœur avec la rapidité foudroyante de l'étincelle électrique, s'inquiétait fort peu que Richard Elliot, le banquier de la rue Bab-el-Oued, le supplantât auprès de la juive Rébecca qu'il comptait bien ne plus revoir.

En conséquence il lui devenait parfaitement indifférent désormais que sa démarche fût ou ne fût pas couronnée de succès, la somme destinée à l'acquisition d'un bijou cessant de lui être nécessaire.

S'il ne renonçait point à son projet d'emprunt, c'était uniquement pour se ménager en cas de réussite une entrée dans la maison, et pour arriver à établir des relations suivies avec le mari de Léonide.

— Monsieur, — commença-t-il, — je me nomme Georges Pradel et je suis lieutenant aux zouaves.

Daniel s'inclina légèrement.

— Par suite de circonstances dont le détail serait sans intérêt, je me trouve en ce moment un peu gêné, et j'aurais besoin, pour quelques semaines, d'une somme qui n'a rien d'effrayant : il s'agit de mille francs.

— Et vous venez me demander cette somme? — fit M. Metzer.

— Mon Dieu, oui, en échange d'un billet à votre ordre bien en règle, et d'une prime dont vous fixerez le chiffre vous même.

— Qui vous a donné l'idée de vous adresser à moi?

— Mon ami Achille Darcourt, lieutenant aux chasseurs d'afrique.

— Le fils de la maison Darcourt et Fix, de Rouen?

— Lui-même... — J'ajouterai qu'il s'est mis gracieusement à ma disposition pour endosser au besoin le billet...

— Mais, monsieur, je ne suis pas banquier.

— Vous faites des affaires... ce qui revient au même...

Daniel haussa les épaules.

— Des affaires... — répéta-t-il, — oui, sans doute... De grandes affaires, sans le moindre rapport avec l'escompte d'un misérable billet de mille francs qui peut-être — (ne vous cabrez pas, mon officier !) — sera protesté à l'échéance...

— En cela vous vous trompez, monsieur, — répondit Georges, — j'ai pour payer ce billet des ressources certaines...

— Lesquelles ? — Remarquez, je vous prie, que lorsqu'il s'agit de traiter ensemble, aucune question n'est indiscrète...

— Je suis sans fortune, — reprit le jeune homme, — mais je possède un oncle fort riche, qui n'ayant point d'enfants m'aime comme un fils, et m'envoie chaque année, au premier janvier, une somme double de celle que je vous demande. — Or, nous touchons au 30 novembre...

Daniel secoua la tête.

— Aucun banquier n'avancerait cent sous, — dit-il, — sur une éventualité de ce genre, si probable qu'elle soit... — Une hypothèque sur étrennes futures !! Cela ressemble à une plaisanterie beaucoup plus qu'à une opération sérieuse... — Comment s'appelle votre oncle ?

— Philippe Domerat, — répondit Georges.

Daniel Metzer tressaillit.

— L'armateur du Havre ! — s'écria-t-il.

— Lui-même.

— Mais il possède des millions...

— Cinq ou six, à ce qu'on affirme...

XXVI

— Ainsi, — continua Daniel Metzer avec animation, — vous êtes le neveu de Philippe Domerat, et Philippe Domerat n'a pas d'enfant ?...

— Nous sommes, ma sœur et moi, ses uniques parents... — répondit Georges.

— Et il vous aime?

— Comme si, au lieu d'être notre oncle, il était notre père...

— Mais alors vous devez avoir sur lui une influence énorme...

Le lieutenant sourit.

— Je n'oserais me vanter, — répliqua-t-il, — d'avoir sur mon parent l'énorme influence dont vous parlez. — Mais il est positif qu'il cherche à m'être agréable en toutes choses...

— Si je vous ai bien compris, mon officier, vous avez une sœur?...

— Vous m'avez bien compris.

— Votre sœur et vous hériterez donc par moitié de la fortune immense de l'armateur...

— Je n'ai jamais pensé à cela, je vous assure...

— Comment, vous n'y avez pas pensé??

— J'ai pour mon oncle une affection si profonde que lorsqu'il m'arrive de songer à sa mort, c'est pour demander à Dieu d'en éloigner l'époque.

— Sentiment méritoire et qui vous fait le plus grand honneur, mais la fin de la vie est dans la nature, n'est-ce pas?... — Quand M. Domerat s'en ira dans l'autre monde, vous aurez un chagrin sincère, vous verserez des torrents de larmes... et vous hériterez...

— C'est possible... c'est même probable...

— Vous voulez dire que c'est certain !

— Soit! Mais je comprends mal, je l'avoue, que vous vous préoccupiez de cela... — Vous ne comptez pas, j'imagine, sur l'héritage de mon oncle pour le payement des mille francs que vous paraissiez, tout à l'heure, si peu disposé à me prêter...

Daniel Metzer sut donner à son large visage une expression joviale.

— Ah! vous avez le mot pour rire, mon lieutenant! — s'écria-t-il. — Vous m'en voyez ravi!... J'adore la

gaieté!... — Il est positif qu'il y a cinq minutes je
ne vous aurais pas prêté cent sous!...

— Et maintenant?...

— Oh! maintenant, ce n'est plus du tout la même
chose... — Vous aurez vos mille francs... — Vous les
aurez sans aucun escompte... — Ce n'est point une
opération de banque que je veux traiter avec vous,
c'est un service d'ami que je prétends vous rendre...

— En vérité, monsieur, un tel changement...

— Il est tout simple... — interrompit le ci-devant
Prussien. — Depuis que je sais à quoi m'en tenir
sur votre compte, vous m'inspirez un intérêt prodigieux...

— Et, à quel titre?

— A titre de neveu et d'héritier d'un millionnaire,
pardieu!! — Je vous ouvre un crédit chez moi... —
Vous tirerez à vue sur ma caisse... et, en échange de
ces bons offices, je ne vous demanderai qu'une seule
chose, une chose bien facile...

— Laquelle?...

— De parler de moi à votre oncle dans vos lettres
et de me présenter à lui par correspondance... —
Une fois les rapports établis, j'irai au Havre s'il le
faut, ou plutôt vous obtiendrez un congé et nous
irons ensemble...

Georges Pradel marchait d'étonnement en étonnement.

— Vous feriez le voyage de France pour voir mon oncle ! — s'écria-t-il.

— Sans hésiter...

— Et que diable voulez-vous lui dire ?

— Je veux le convaincre qu'il y a des affaires colossales, et de toute nature, à brasser sur cette terre africaine encore presque vierge, et que s'il lui convient d'unir une partie de ses capitaux à ceux que je possède, et de mettre à ma disposition quelques-uns de ses navires, nous gagnerons sans risques et presque sans travail plus de millions qu'il n'en a déjà... — Oui, je compte lui prouver cela, et je me fais fort d'y parvenir si vous m'appuyez de votre crédit...

— Mais, monsieur, — répliqua le lieutenant, — jamais je ne me suis mêlé des affaires de mon oncle...

— Je le crois sans peine... Vous étiez trop jeune...

— Ne trouverait-il pas étrange que je m'en occupe aujourd'hui ?

— En aucune façon. — Vous faites acte de parent dévoué en fournissant à M. Domerat les moyens de tripler sa fortune... et tripler n'est pas assez dire... c'est décupler, centupler peut-être ! — Rien que sur les fournitures militaires on peut réaliser des bénéfices effrayants, et je connais non loin d'Alger, moi qui vous parle, un gisement aurifère d'une incalcu-

lable richesse... — Il me répugne de mettre en
actions une affaire de cette beauté, et je ne suis pas
assez riche pour commencer seul l'exploitation de
cette Californie africaine... — Votre oncle me soutenant, tout devient facile, et je vois tomber dans la
caisse sociale, en moins de deux années, cent capitaux pour un...

Georges Pradel fit un geste d'incrédulité.

— Ah! — reprit Daniel Metzer, — je lis dans votre
pensée, mon lieutenant... — Vous m'accusez d'exa-
gération, d'enthousiasme, et peut-être d'hallucina-
tion... — Vous me jugez mal... — Je suis un calcu-
lateur très-froid, très-sérieux, très-positif, incapable de prendre un mirage pour la réalité... — Je
me fais une joie de vous le démontrer... Mais ce
n'est pas le moment... « *Non est hic locus !* » comme
on nous faisait dire au collége... — Êtes-vous libre
ce soir?...

Le jeune officier, pressentant une invitation, sentit
son cœur battre avec force.

— Absolument libre... — répondit-il.

— Eh bien, faites-moi le plaisir de venir passer
ici une heure ou deux après votre dîner... Je vous
présenterai à madame Metzer qui sera ravie de faire
votre connaissance... — Nous fumerons du tabac
turc, nous prendrons du café glacé que ma mulâtresse prépare à la mode de son pays d'une façon

supérieure, et nous causerons... — Est-ce convenu ?...

— C'est convenu...

— A ce soir donc. — J'agis avec vous sans façon,
comme vous voyez, et littéralement je vous congé-
die... C'est que j'ai en ville un rendez-vous auquel
je ne puis manquer sous aucun prétexte... — Nous
allons sortir ensemble, mais auparavant je vais
vous remettre les, mille francs dont vous avez besoin...

— Rien ne presse...

— Si!... si!... — Cela presse au contraire... — En
fait d'argent, voyez-vous, je suis de l'avis du proverbe : « Mieux vaut tenir que courir. »

Daniel Metzer ouvrit le coffre-fort peint en bronze
qui semblait amplement garni.

Il y prit un rouleau d'or et le présenta au lieutenant.

— Fixez le chiffre de l'intérêt, je vous en prie... —
fit ce dernier.

— Je vous ai dit que je n'en accepterais aucun...

— Mais...

— Vous me blesseriez en insistant... D'ailleurs
c'est à prendre ou à laisser...

— Donnez-moi du moins, s'il vous plaît, une
plume, de l'encre et du papier timbré...

— Pourquoi faire?

— Pour écrire et signer le billet..:

— Pas plus de billet que d'intérêts... — A quoi bon entre nous? — Votre parole, pour moi, vaut votre signature... — Prenez tout votre temps pour me rendre cette bagatelle... — Vous vous acquitterez à votre heure, et s'il vous semblait agréable de faire à ma caisse un nouvel emprunt très-prochain, ne vous gênez pas...

Georges Pradel, que les procédés si complétement inattendus de Daniel Metzer étonnaient beaucoup et embarrassaient un peu, remercia de son mieux.

Les deux hommes sortirent ensemble.

Il n'allaient pas dans la même direction et se séparèrent presque à la porte de la maison, après être convenus de nouveau qu'ils se réuniraient le soir.

Le lieutenant reprit, la tête baissée, le chemin de son logis.

Il se sentait profondément troublé ; une confusion inexprimable régnait dans son esprit.

Nous connaissons l'impression produite sur lui par la brève apparition de la jeune femme.

Cette impression profonde, foudroyante en quelque sorte, grandissait à chaque seconde au lieu de diminuer...

L'image de Léonide, comme une épreuve photographique soumise à l'action de la lumière, devenait d'instant en instant plus nette et plus distincte dans son cœur.

— Je sens que je vais l'aimer... — avait-il dit d'abord.

Maintenant il disait :

— Je l'aime...

La figure de madame Metzer, cette figure éplorée, si touchante et si belle, offrait à l'imagination en feu de Georges Pradel l'attrait d'une énigme irritante.

Dans cette figure il y avait du sphinx...

Pourquoi les larmes de Léonide ? Pourquoi ses révoltes désespérées ? — De quelle nature était le supplice imposé par ce mari farouche à cette adorable martyre ?

Voilà ce que le lieutenant ne pouvait deviner, mais ce qu'il se promettait de découvrir bientôt.

Le brusque changement de Daniel Metzer à son égard le préoccupait aussi...

La rudesse primitive de cet ex-Prussien s'était métamorphosée bien vite en une obséquiosité mielleuse et presque servile.

Cet homme, cet usurier qu'on prétendait rapace et dangereux, après un premier refus d'une insolence mal déguisée, avait ouvert sa caisse sans conditions et donné son argent sans intérêt...

Le désir exprimé par lui d'entrer en relations d'affaires avec M. Domerat, suffisait-il pour expli-

quer une métamorphose si soudaine et si invraisemblable?...

Ce désir n'était-il qu'un prétexte et Daniel Metzer,
attirant chez lui Georges Pradel, obéissait-il à quelque
mobile inconnu?...

Le lieutenant se faisait ces questions, et naturellement il ne pouvait pas se répondre.

Quoi qu'il en fût, si le mari de Léonide avait cru
consommer la conquête du jeune homme, il s'était
trompé.

L'officier éprouvait pour Daniel une instinctive
répugnance, un insurmontable mépris, et sans être
encore à même d'appuyer sur des bases solides son
jugement sévère, il voyait en lui un de ces vils gredins qui sont capables à peu près de tout et boivent
la honte comme l'eau...

Cependant il lui avait serré la main en prenant
congé de lui, et le soir même il devait la lui serrer de
nouveau...

Hélas! oui, et il en rougissait... — Mais ne fallait-il
pas subir le mari pour se rapprocher de la femme?
— L'amour n'a jamais reculé devant des lâchetés de
ce genre.

Georges Pradel monta distraitement l'escalier de
la maison qu'il habitait, non loin du fort de l'Empe-
reur, et trouva la porte fermée.

— Passecoul!... cria-t-il. — Eh! Passecoul!...

XXVII

Passecoul appartenait, en qualité de remplaçant, à la compagnie de zouaves dont Georges Pradel était lieutenant.

Ce jeune misérable, paresseux autant qu'on le puisse être et possédant une formidable collection de vices qu'il cachait sous des dehors hypocrites avait, nous le savons, un extérieur agréable, un caractère souple et rampant, une intelligence très-développée pour le mal, et une assez large dose d'esprit naturel.

Le neveu de M. Domerat, séduit par ses formes polies, se l'était attaché comme brosseur et lui témoignait une entière confiance.

Passecoul remplissait ses fonctions auprès du lieutenant avec d'autant plus de zèle qu'elles adoucis-

13.

saient pour lui les rigueurs du service militaire, et lui procuraient une liberté presque sans limites.

Georges Pradel, très-protégé par ses chefs, avait obtenu que son brosseur ne couchât point à la caserne, et le futur assassin de Jacques Landry et de Mariette jouissait d'une mansarde dans la maison dont le lieutenant habitait le premier étage.

En sortant, ce jour-là, l'officier avait dit à Passecoul :

— Je ne tarderai point à rentrer et j'aurai probablement besoin de vous. — Il faut m'attendre...

Sa surprise et son mécontentement furent donc très-vifs en trouvant la porte close et le brosseur absent.

Il redescendit l'escalier qu'il venait de gravir, et il explora du regard la rue à peu près déserte.

Depuis trois ou quatre minutes il était là, frappant du pied avec une impatience croissante, quand il vit Passecoul sortir d'une ruelle étroite débouchant cinquante pas plus loin dans la rue.

A côté du brosseur marchait un homme âgé déjà, de mine suspecte, et vêtu de ces haillons qui puent le vice au moins autant que la misère.

Tous les deux se livraient à un dialogue très-animé qui semblait les absorber entièrement.

— Passecoul !! — cria Georges en colère.

Le jeune zouave leva les yeux, tressaillit en reconnaissant l'officier, et s'empressa d'accourir de son côté.

L'homme aux haillons sordides tourna sur ses talons et rentra dans la ruelle.

A deux pas de son chef le brosseur s'arrêta, prit la position du soldat sans armes et fit le salut militaire.

— Vous moquez-vous de moi ? — demanda Georges, — ou perdez-vous la tête ? Que signifie cette plaisanterie d'aller vous promener avec ma clef dans votre poche ?

— Je supplie mon lieutenant de me pardonner, — murmura Passecoul du ton le plus humble. — Je suis dans mon tort... J'ai brûlé la consigne et lâché le poste, mais je ne me figurais pas que mon lieutenant rentrerait si vite... — J'étais allé casser une croûte...

— Que cela n'arrive plus ! — répliqua Georges dont l'irritation tombait déjà.

— Ah ! mon lieutenant peut être tranquille... — Je passerais quarante-huit heures, fixe et immobile, sans manger et sans boire, plutôt que de faire attendre mon lieutenant une minute...

— C'est bien... — Quel était cet homme de si mauvaise mine avec qui vous causiez ?

— Un vieux juif qui me vend du tabac très-bon, meilleur marché que dans les bureaux...

— Montez et ouvrez ma porte... — Mettez-vous
ensuite en tenue... — J'ai une course à vous en-
voyer faire tout à l'heure.

— Oui, mon lieutenant.

Georges Pradel franchit le seuil de son logement
composé de deux pièces, et que nous aurons suffisamment décrit en disant qu'il ressemblait à tous
ceux qu'on loue garnis aux officiers dans les villes
de province.

Il prit une feuille de papier à lettre et traça les
lignes suivantes :

« Ceci, ma belle juive, est un adieu.

« Acceptez, je vous prie, le très-humble bijou ci-
joint, comme un souvenir de votre ami qui vous
rend votre liberté et reprend la sienne. »

Il signa ce billet laconique, le mit sous enveloppe,
et glissa cette enveloppe dans son porte-cigares qui
déjà à cette époque lui servait de portefeuille.

Au moment où il achevait, Passecoul reparut en
grande tenue.

Georges lui commanda de le suivre, sortit de la
maison, gagna la place du Gouvernement, entra
chez un bijoutier, fit emplette d'un bracelet de vingt-
cinq louis dont l'écrin de velours bleu fut enve-
loppé soigneusement de papier de soie.

Il confia le petit paquet et la lettre à son brosseur,

en lui donnant l'ordre de les porter sans retard chez Rébecca.

— Y aura-t-il une réponse, mon lieutenant? — demanda Passecoul.

— J'en doute, — répliqua Georges en souriant. — Dans tous les cas, — ajouta-t-il, — ce serait une réponse verbale... et pour cause.

La belle juive ne savait pas écrire !!!

Le brosseur se mit en mesure de s'acquitter de sa mission, et le jeune homme gagna le café d'Apollon où il comptait tuer le temps, grâce à l'absinthe, aux dominos et au billard.

Les heures qui devaient s'écouler jusqu'au moment où il pourrait se présenter de nouveau chez Daniel Metzer lui semblaient ne devoir jamais finir.

Le café d'Apollon était plein d'officiers.

Georges fut cordialement accueilli.

— Bonjour, bien cher ami, — lui dit Paul de Ménard en lui serrant la main, — comment va la merveille israélite, la brune Rébecca, qu'envers et contre tous, de sang-froid comme après le punch, je continue à proclamer reine de beauté en chef et sans partage?

— J'espère que Rébecca va bien, — répliqua le lieutenant. — Je l'espère et je le désire, ne l'ayant point vue aujourd'hui; mais désormais, quand vous voudrez avoir de ses nouvelles, ce n'est plus à moi qu'il faudra vous adresser.

— Ah ! ah ! — s'écrièrent deux ou trois jeunes gens, — et à qui donc ?

— A mon successeur.

— Vous avez un successeur, ami Georges ?

— Peut-être n'en ai-je pas encore, mais tenez pour certain que j'en aurai un, si ce n'est deux, dans un bref délai.

— Enfin, il y a rupture ?

— Rupture complète et définitive... — Mon billet d'adieu est en route au moment où je vous parle...

Des exclamations se croisèrent et leurs intonations variées exprimaient des sentiments de diverse nature.

Quelques officiers plaignaient Georges de perdre une femme dont la beauté faisait sensation.

D'autres le félicitaient de se débarrasser bravement d'une maîtresse ruineuse.

Achille Darcourt prit le lieutenant par le bras et l'emmena dans un coin du café.

— Il paraît que le Metzer a refusé les subsides... — lui dit-il tout bas.

— Le Metzer, — répliqua Georges, — m'a rendu service, au contraire, d'une façon tout à fait galante.

— Eh bien ! alors, après ce que tu me disais hier je ne comprends pas la rupture.

— J'ai réfléchi que bien positivement je n'aimais plus du tout Rébecca...

— Et tu laisses le champ libre à Richard Elliot, le banquier de la rue Bab-el-Oued?

— Je laisse le champ libre à tout le monde!... à toi comme aux autres, si le cœur t'en dit...

— Bravo!! — Te voilà raisonnable!! — Je serais fier de croire que mes sages conseils ont amené ce résultat, mais, je ne sais pourquoi, je me figure qu'il y a autre chose...

Georges ne put s'empêcher de sourire.

— Je vois que je devine juste... — poursuivit Achille Darcourt. — Le cœur de l'homme a l'horreur du vide... — Si tu romps avec Rébecca, c'est que tu es pris par une autre...

— Peut-être.

— Y aurait-il de l'indiscrétion à te demander quelques détails?...

— Il y en aurait... — répliqua Georges en serrant la main de son camarade pour atténuer ce que la réponse précédente avait de médiocrement amical.

— Ah! garde ton secret, mon cher! — fit Achille avec insouciance. — Un peu plus tôt ou un peu plus tard je le saurai, ce grand secret, et si ce n'est pas par toi, ce sera par le bruit public...

L'entrée de M. de Tournade, saluée par un hourrah

général et prolongé, interrompit la conversation des
deux jeunes gens.

— Eh bien ! baron, quoi de nouveau dans vos pla-
toniques amours ? — cria Paul de Ménard dont nous
connaissons la tendance à se mêler des affaires des
autres. — Êtes-vous toujours fortement épris de votre
blonde inconnue ?

— Toujours et plus que jamais ! — répondit le
baron.

— L'avez-vous revue, au moins ?

— Non, mais j'ai maintenant la certitude de la
revoir.

— Vous savez donc où loge ce mystérieux phénix ?

— Je le sais...

— Qui vous l'a dit ?

— Le hasard... — J'ai rencontré la mulâtresse il
y a une heure...

Georges, qui jusqu'alors avait écouté distraitement, tressaillit et prêta l'oreille.

— Je l'ai suivie, — continua M. de Tournade. —
Je l'ai abordée au moment où elle rentrait dans la
maison qu'elle habite, je l'ai questionnée, et j'ai obtenu sans peine tous les renseignements nécessaires
sur la femme et sur le mari...

— Le mari ! ! — répétèrent les jeunes officiers avec
une stupeur comique, — il y a un mari ?... un vrai
mari ?...

— Oui, messieurs, un vrai mari... et même un mari, paraît-il, assez brutal et point séduisant... — Ce mari fait des affaires, il me sera donc facile de trouver un prétexte pour entrer en relations avec lui... Or, ayant quelque habitude des intrigues galantes et n'étant pas plus maladroit qu'un autre, je crois qu'un peu d'espoir ne m'est point défendu...

— Le nom du mari? — demandèrent deux ou trois voix.

— Ce nom, messieurs, vous me permettrez de le garder pour moi... — répliqua le nouveau venu avec un sourire. — Si votre curiosité est en éveil, faites ce que j'ai fait... cherchez...

Georges Pradel s'approcha de M. de Tournade.

— Baron, — lui dit-il, — deux mots.

— Tout à votre disposition, mon cher lieutenant.

— Venez un peu à l'écart, s'il vous plaît... Je désire n'être entendu que de vous... — Permettez-moi de vous adresser une question et promettez-moi de me répondre.

— Je ne puis m'engager à l'aventure... — Parlez d'abord. — Nous verrons après.

— Eh bien, baron, — fit Georges d'une voix qu'il s'efforçait vainement de rendre calme, — la jeune femme blonde dont il s'agit se nomme madame Metzer, n'est-ce pas?

XXVIII

Ce fut au tour du baron de Tournade à tressaillir en entendant le nom prononcé par le lieutenant.

— Que vous importe cela ? — demanda-t-il en fronçant le sourcil.

— Il m'importe beaucoup. — Je vous prie de me répondre, et je m'empresse d'ajouter que, si vous refusez de parler, je prendrai votre silence pour une réponse affirmative.

Le baron tordit sa moustache nerveusement, et son visage, d'habitude peu coloré, s'empourpra.

— Ah çà, mais — fit-il d'un ton sec au bout d'une ou deux secondes, — savez-vous, mon cher camarade, que vous avez tout l'air de-me chercher querelle ?

— En aucune façon, — répliqua Georges. — Je

sollicite de vous un renseignement qui m'intéresse, et pour l'obtenir je m'adresse à votre courtoisie...— Comment pourriez-vous voir une offense dans cet acte si simple ?...

— Une telle insistance, en supposant qu'elle ne soit point blessante, est au moins indiscrète...

— Je l'admettrai tant qu'il vous plaira, pourvu que vous consentiez à y satisfaire...

— Eh bien, soit... — Je vous apprendrai donc ce que vous voulez savoir... mais à une condition...

— Laquelle ?

— C'est que vous me direz, avant tout et très-franchement, si la curiosité seule vous pousse, ou si vous avez pour me questionner un motif plus grave...

— J'en ai un...

— Puis-je le connaître ?...

— Vous le connaîtrez, je vous le promets, aussitôt que vous m'aurez répondu...

— Eh bien, — dit M. de Tournade, — la personne de qui j'ai parlé se nomme en effet madame Metzer...

— Eh bien, — répliqua Georges, — je suis éperdûment amoureux de cette personne...

— C'est impossible ! — s'écria le baron.

— Pourquoi donc ? — fit le lieutenant avec un haut-le-corps.

— Hier vous avez affirmé, dans une profession de foi très-explicite, que vous aimiez exclusivement les brunes.

— C'est vrai, je l'ai dit, je le croyais, mais j'ai changé d'avis...

M. de Tournade se mit à rire.

— Il résulte de tout ceci, — reprit-il, — que nous aimons la même femme... — Je n'y puis rien...

— Vous pouvez consentir à me céder la place, et je vous supplie de le faire...

— Pourquoi diable le ferais-je ?

— Parce que mon amour est profond et sérieux et que le vôtre est une fantaisie...

— Comment le savez-vous ?

— Je ne le sais pas, mais j'en suis sûr... cela se sent, cela se devine... — Montrez-vous bon camarade... Renoncez à ce caprice...

— Si je vous adressais la même prière, de quelle façon l'accueilleriez-vous ?

— Par un refus net et formel, j'en conviens...

— Voyons, lieutenant, un aveu sincère... Depuis quand connaissez-vous la jolie blonde, et depuis quand l'aimez-vous ?

— Depuis quelques heures... — murmura Georges avec embarras.

— Eh bien, depuis une semaine les yeux bleus de ma voyageuse m'ont mis la tête et le cœur à l'envers... — Donc j'ai pour moi la priorité... — Vous refuseriez d'abandonner la partie... — J'agis comme vous agiriez... Je refuse... — Il faut accepter la situation telle qu'elle est, mon cher lieutenant... — Chacun pour soi ! — Nous sommes rivaux...

— Je n'admets pas de rivalité, — répliqua Georges Pradel sèchement.

M. de Tournade tordit de nouveau sa moustache et fronça le sourcil.

— Vous n'admettez pas ! — répéta-t-il.

— Non.

— Vous voyez combien j'avais raison, tout à l'heure, en prétendant que vous me cherchiez querelle...

— Prenez mes paroles comme il vous plaira...

— Je les prends comme il faut les prendre et suis tout à vos ordres... — A quand la rencontre ?

— A demain si vous le voulez.

— A demain, soit ! — Vous trouverez sans doute plus qu'inutile de prononcer un nom de femme et d'instruire nos témoins du motif qui va nous mettre l'épée à la main ?...

— J'allais vous demander le secret.

— Soyez à cet égard absolument tranquille !... — Il faut un prétexte... Je me charge de le trouver... — Séparons-nous de la façon la plus amicale en apparence... — Donnons-nous une poignée de main,

proposez ensuite une partie d'écarté à Paul de Ménard qui se croit très-fort, et ne vous inquiétez pas
du reste...

    — C'est convenu...

Trois minutes après ces mots échangés, Georges
et M. de Ménard, assis en face l'un de l'autre, se
mettaient au jeu.

— Je parie cent sous pour Pradel... — fit le baron
de Tournade... — Qui les tient ?

— Moi, — répliqua Achille Darcourt.

Paul de Ménard tourna le roi et proposa des cartes. — Georges refusa d'en accepter et perdit le
coup.

— Je marque trois points ! — dit son adversaire
triomphant. — Mon cher lieutenant, vous n'êtes pas
de force !...

— Nous verrons bien... — répliqua le neveu de
M. Domerat en abattant le huit de cœur... — Voulez-
vous des cartes ?

— Jamais de la vie ! — s'écria M. de Ménard après
avoir regardé son jeu. — Dame de cœur ! valet de
cœur ! as de cœur ! roi et dame de carreau... — La
vole ! — J'ai gagné !! — Première manche. — Con-
tinuons...

— Mordieu ! — grommela M. de Tournade à demi-
voix, mais assez haut cependant pour être entendu
de la galerie, — on prévient les parieurs, ou plutôt

on ne les accepte pas, quand on est incapable de défendre leur argent ! !

— Vous dites ? — demanda Georges en se retournant vers le baron qu'il regarda dans le blanc des yeux.

— Je dis que vous êtes une *mazette*...

— C'est possible, mais vous êtes, vous, un impertinent, et si je n'étais, moi, un homme de bonne compagnie, je vous jetterais mes cartes au visage...

— Je les tiens pour reçues et vous demande de m'en rendre raison...

— Quand vous voudrez ! ! comme vous voudrez ! !

— J'y compte...

Georges qui s'était levé faisait face à M. de Tournade, et les deux hommes se toisaient de la façon la plus provocante.

Les officiers présents, stupéfaits d'une altercation inattendue que rien ne semblait justifier, intervinrent avec empressement et firent de louables efforts pour empêcher cette absurde affaire d'avoir des suites déplorables.

Nous savons qu'ils ne pouvaient pas réussir, et ils échouèrent en effet.

Il ne restait qu'à désigner les témoins, — on le fit. — Ils s'abouchèrent séance tenante et décidèrent que la rencontre aurait lieu le lendemain à sept heures du matin, et que l'épée serait l'arme choisie.

— Très-bien... — fit le neveu de M. Domerat. — Tout est donc pour le mieux... — Maintenant n'y pensons plus...

Il continua cependant à y penser... — Il ne pensa même qu'à cela...

L'idée que quelques heures plus tard il irait sur le terrain, sinon pour madame Metzer au moins à propos d'elle, lui causait une jouissance singulière et profonde.

— Un jour peut-être, — se disait-il, — elle saura que j'ai risqué ma vie rien que pour empêcher un rival de lever les yeux sur elle...

Même quand le temps paraît se traîner, il marche d'un pas égal.

Le soir arriva...

Plus de cent fois peut-être Georges avait consulté sa montre, la croyant arrêtée ; — il jugea qu'il pouvait désormais sans inconvenance se présenter à la maison de la rue Bab-Azoun, et il se mit en route aussitôt.

Chemin faisant il rencontra Passecoul, escorté d'un grand gaillard à longues moustaches noires, en petit tenue de chasseur.

Ce grand gaillard fit le salut militaire au lieutenant

et se tint à l'écart tandis que le brosseur s'approchait de son officier.

— Eh bien? — demanda Georges Pradel.

— Eh bien, mon lieutenant, la commission est faite... — j'ai remis en mains propres le poulet et le colis... — Mademoiselle Rébecca a commencé par défaire le papier de soie, par ouvrir l'écrin et par regarder le bracelet, ensuite elle a lu la lettre...

— Qu'a-t-elle dit après cette lecture?

— Dame! il paraît que mon lieutenant expédiait sous enveloppe son congé définitif avec feuille de route, et la belle Juive a mal pris la chose... — Jamais de ma vie je n'ai vu une femme si fort en colère... — Ses lèvres étaient devenues blanches et ses yeux lançaient des étincelles à faire sauter une poudrière... — Elle trépignait... elle débitait des tirades de mélodrame dans une langue à laquelle je ne comprenais goutte, et j'imagine même que j'avais l'air pas mal ahuri... — Elle a fini par me jeter le bracelet à la figure et par égrener, mais en français cette fois, tout un chapelet d'injures à votre adresse!... — En voilà une qui peut se vanter de posséder à fond le catéchisme poissard!

— Que me reprochait-elle? — fit Georges en souriant.

— De la quitter pour une autre femme, pardieu!! — répondit Passecoul. — Elle ajoutait qu'elle saurait bien découvrir le nom de la rivale qui la supplante, et qu'elle se vengerait de votre nouvelle maîtresse et et de vous...

L'officier haussa les épaules.

— A la place de mon lieutenant, je me défierais... — reprit le brosseur. — Ces juives d'Alger sont à moitié sauvages et bigrement traîtresses... — Celle-là me fait l'effet d'une panthère... — Un coup de griffe est bientôt donné...

Georges se mit à rire.

— Je ne crois guère aux dangers de cette nature... — dit-il ; — avant vingt-quatre heures Rébecca sera calmée, et douce comme un agneau... En somme, elle a gardé le bracelet?...

— C'est-à-dire que j'ai laissé le bibelot par terre en tournant les talons après un grand salut à la belle furie...

— Il fallait le ramasser et le lui rendre.

— Excusez, mon lieutenant, j'avais peur pour mes yeux ! ! — Je n'en ai que deux et j'y tiens...

Passecoul ajouta :

— Faudra-t-il attendre mon lieutenant ce soir?

— Je vous en dispense... — Quel est ce soldat qui vous accompagne ?...

— Un pays à moi, un chasseur qui s'appelle Raquin...

— Il a l'air d'un chenapan, votre chasseur.—Mauvaise figure...

— Un peu noceur peut-être, Raquin, mais bon garçon tout de même... la crème des bons enfants... d'ailleurs il va quitter le service... il attend son certificat de libération d'un jour à l'autre.

— Prenez garde, Passecoul, — reprit Georges, — je vois autour de vous depuis quelque temps beaucoup de visages suspects... —Vous avez des fréquentations dangereuses... — Elles finiront par vous jouer un méchant tour et vous mener à mal.

— Rien à craindre, mon lieutenant.

— Je vous le répète, prenez garde.

Et Georges Pradel se remit en marche.

XXIX

Le jeune officier, chemin faisant, pensait :

— Décidément les femmes sont d'étranges créatures, et celui qui pourrait se vanter de les comprendre serait un rude malin !! — Certes Rébecca ne m'aimait guère et ne se gênait pas beaucoup pour me le laisser voir... — Il s'en fallait de bien peu qu'elle me fermât sa porte, et le banquier Richard Elliot, son nouveau soupirant, avait toutes les chances du monde de réussite complète avant quarante-huit heures... — La rupture venant d'elle lui paraissait toute simple... — Je prends l'avance... — Je m'éloigne au lieu d'être congédié... et voilà Rébecca jalouse et furieuse, se disant supplantée, menaçant sa rivale imaginaire et parlant de vengeance !! — Heureusement cet accès de fièvre chaude sera

passé demain matin, et c'est tout au plus si la belle
juive se souviendra de moi demain soir...

Georges Pradel interrompit son monologue et
sentit son cœur battre avec violence au moment où
il entrait dans la rue Bab-Azoun et s'approchait de
la maison habitée par Daniel Metzer et sa femme.

Il sonna.

La mulâtresse lui vint ouvrir, l'accueillit par un
sourire de ses lèvres lippues et lui dit :

— Vous entrer, si voulez bien... — Maître à moi
attendre vous... — Moi mener vous à li tout de
suite... Vous suivre moi, joli militaire...

Depuis près d'une demi-heure la nuit remplaçait
le crépuscule.

L'ex-Prussien avait fait quelques frais pour recevoir le visiteur attendu.

Deux ou trois douzaines de lanternes vénitiennes
en papier de couleur se suspendaient aux arceaux
de la galerie mauresque régnant sur trois côtés de la
cour.

En tout autre lieu le style de cette décoration tri-
viale aurait rappelé l'éclairage fort peu féerique des
bals champêtres voisins des barrières, mais l'eau
jaillissant de la vasque de granit rose et retombant
dans le bassin se teignait de nuances vives et variées, et produisait la charmante illusion d'une cas-
catelle de pierres précieuses.

14.

La mulâtresse ne s'arrêta point dans cette cour.
— Elle fit franchir au lieutenant le seuil de la maison
et ouvrit devant lui la porte d'une pièce assez vaste,
servant de salon et meublée avec une richesse trop
voyante.

On pouvait cependant reconnaître, en certains
détails, les habitudes élégantes et le goût délicat
d'une femme.

Daniel Metzer, s'arrachant à une demi-somno-
lence, abandonna le fauteuil sur lequel il digérait
son dîner à la façon du serpent boa gorgé de nour-
riture, et s'élança lourdement à la rencontre de
l'officier.

— Ah ! monsieur Pradel, — s'écria-t-il en lui serrant les mains d'une façon trop affectueuse pour
être bien sincère, — que c'est bon et aimable d'avoir
gardé le souvenir de votre gracieuse promesse !! —
J'osais à peine compter sur vous... Nous sommes
des amis de si fraîche date !! — J'aurais presque
compris un manque de mémoire, tout en m'en affli-
geant vivement... Je disais cela tout à l'heure encore
à ma femme, à qui je vous demande la permission
de vous présenter...

— C'est un honneur que je sollicite... — répliqua
Georges.

Le maître du logis tenait toujours son hôte par la
main.

Il le conduisit auprès de la jeune femme, qui venait de quitter son siége et qui attendait, les yeux baissés.

— Ma chère Léonide, — dit-il, — je vous présente monsieur Pradel, lieutenant aux zouaves, brillant officier d'un grand avenir, et propre neveu du très-honorable et très-honoré M. Domerat, le richissime armateur du Havre connu dans le monde entier...
— Monsieur Pradel, madame Léonide Metzer, ma femme...

Georges et Léonide échangèrent un salut timide.

Le lieutenant chercha dans son souvenir l'une de ces phrases polies et banales qui sont la menue monnaie de la conversation courante.

Il n'en trouva pas.

C'est qu'il ressentait de nouveau, et avec une intensité plus grande encore, cette étrange fascination subie déjà le matin de ce même jour, au moment où madame Metzer éplorée passait devant lui.

La jeune femme, — il était impossible d'en douter, — s'était habillée avec soin, non par coquetterie mais pour obéir aux ordres de son mari.

Une robe de mousseline blanche, un peu décolletée et à manches courtes, serrait étroitement sa taille svelte, laissant à découvert la naissance de ses charmantes épaules et ses bras exquis.

Un nœud de ruban bleu, fixé par une grosse perle,

formait l'unique ornement de son admirable chevelure blonde.

Le doux visage de madame Metzer conservait la
trace des émotions violentes résultant de la scène
dont Georges avait été l'auditeur involontaire.

L'épiderme transparent et satiné des joues offrait
la blancheur mate du marbre de Carrare. — Cette
pâleur uniforme, qu'aucune nuance purpurine ne
venait relever, semblait presque inquiétante. — Les
lèvres mêmes étaient pâles..

Les paupières seules offraient un ton rosé, et le
cercle d'azur estompant leurs contours trahissait
l'abondance et l'amertume des larmes versées par
les grands yeux encore humides.

Jamais beauté ne fut plus touchante.

L'expression profondément douloureuse empreinte
sur ce visage angélique et résigné le rendait irrésistible.

Georges Pradel en subissait le charme et se disait
tout bas :

— Pour ramener un sourire sur cette bouche at-
tristée, pour allumer une flamme dans ces prunelles
tremblantes, je donnerais ma vie...

Madame Metzer aussitôt après la présentation
avait repris son siége, et silencieuse s'absorbait dans
sa pensée, sans même apercevoir les symptômes

d'impatience et d'irritation lisiblement écrits sur la face large de son mari.

L'Allemand naturalisé prit tant bien que mal son parti de ce mutisme obstiné et invincible, et, s'emparant de Georges, entra longuement dans le détail des multiples spéculations qui, si M. Domerat voulait y consacrer une faible partie de ses immenses capitaux, devaient donner, à courte échéance, des résultats prodigieux.

— Et soyez bien convaincu, mon jeune ami, — ajoutait-il, — que vous auriez une part de ces résultats, et que cette part serait assez large pour dépasser vos désirs et vos rêves... — C'est moi personnellement qui me chargerais de vous satisfaire... — En travaillant pour votre cher oncle je travaillerais pour vous, non-seulement en augmentant la fortune qui doit vous revenir un jour, mais en mettant à votre disposition immédiate les sommes, quelle que soit leur importance, dont vous auriez besoin, et cela de la façon la plus régulière et la plus correcte, sans préjudice pour les intérêts de votre oncle et en disposant d'une partie de mes propres bénéfices... — Soyons précis... — Le jour même où je signerais avec M. Domerat un acte d'association, je vous ouvrirais chez moi un crédit de cent mille francs, et comme je ne veux pas qu'il vous soit possible de douter de ma parole, je prendrais à l'instant même à cet égard un engagement écrit... — Que dites-vous de cela, mon lieutenant? — Est-ce assez net?... assez carré?...

Georges écoutait à peine, suivait fort mal les explications diffuses où revenaient sans cesse ces mots : « Fournitures militaires, » puis ceux-ci : « Mines d'or d'une incalculable richesse, » et, quand M. Metzer s'arrêtait une seconde, il se contentait de murmurer quelques monosyllabes qui n'offraient aucun sens précis.

Le maître de la maison s'aperçut enfin de l'inattention manifeste de son auditeur et fronça le sourcil.

Mais presque aussitôt il reprit son sourire habituel.

— Mon cher lieutenant, — dit-il avec une feinte bonhomie, — évidemment je vous fatigue...

— En aucune façon, je vous assure... — s'écria Georges rappelé au sentiment des convenances.

— Inutile de nier ! — continua M. Metzer. — Je vous fatigue et c'est tout naturel, — le langage des affaires, auquel vous n'êtes point habitué, ne peut que vous paraître assommant !... Je comprends d'ailleurs à merveille que j'en ai fait un étrange abus depuis votre arrivée... — Nous reviendrons sur ce sujet, mais abandonnons-le pour ce soir...

Daniel sonna.

La mulâtresse parut, apportant sur un plateau de laque une carafe de cristal au long col, placée dans un rafraîchissoir d'argent plein de glace, de petites tasses chinoises, un sucrier, des cuillères de vermeil et des cigares.

— Madame Metzer va nous servir le café frappé... — continua le maître du logis. — Ma chère amie, nous attendons votre bon vouloir...

La jeune femme conserva son immobilité de statue.

— Ne m'entendez-vous pas? — reprit le petit homme d'un ton dur et presque menaçant, — je vous ai dit que nous attendions...

Léonide tressaillit comme quelqu'un qu'on tire brusquement d'un profond sommeil. — Une sorte de frisson courut sur sa chair. — Elle se leva, blanche et muette autant qu'un fantôme, saisit la carafe, remplit les tasses, et les présenta successivement à Georges Pradel et à son mari.

Elle ressemblait à une somnambule s'acquittant sans en avoir conscience des fonctions hospitalières de maîtresse de maison.

— Comment trouvez-vous ce café? — demanda Daniel à l'officier.

— Il est exquis... — répondit ce dernier.

— N'est-ce pas? — Dolorès (c'est le nom de la mulâtresse) n'a point de rivale pour le préparer...

— Êtes-vous musicien, mon cher lieutenant ?

— Je le suis dans ce sens que j'adore la musique...

— Les maris sont orgueilleux des talents de leurs femmes... — Je veux vous faire entendre la voix de la mienne... — Léonide, mettez-vous au piano, ma chère, et soyez assez gracieuse pour nous chanter quelque chose.

Madame Metzer tressaillit de nouveau et attacha sur son mari un regard qui demandait grâce.

Daniel fut inflexible.

— Allons, — continua-t-il, — ne vous faites pas prier... ce serait d'un goût déplorable... vous voyez que nous attendons... — choisissez un morceau très-gai, de l'Offembach ou du Lecocq... — je ne connais rien d'agaçant comme la musique sentimentale...

La jeune femme, pareille à une martyre allant au supplice, se dirigea vers le piano.

Elle allait l'atteindre quand la porte du salon s'ouvrit, et un petit homme déjà vieux et presque chauve, portant de longs favoris et vêtu avec une élégance superlative, fit son entrée le sourire aux lèvres.

— Ah ! cher monsieur Richard Elliot, soyez le bienvenu !! — s'écria Daniel. — Voilà ce qui peut s'appeler une aimable surprise !!

Léonide regarda le nouveau venu, poussa un faible soupir, chancela, et serait tombée à la renverse sans connaissance si Georges Pradel ne s'était élancé pour la soutenir.

XXX

Richard Elliot était ce riche banquier qui prétendait disputer les bonnes grâces de la juive Rébecca au lieutenant Georges Pradel, et dont nous avons entendu celui-ci prononcer le nom à deux ou trois reprises.

Quoique marié, père de famille et d'un âge plus que mûr, ce millionnaire étonnait Alger par le scandale de ses mœurs dissolues.

Sa grande fortune lui permettait d'ouvrir à ses vices un crédit presque illimité.

Chaque jour on citait ses nouvelles maîtresses, courtisanes de profession, actrices du théâtre, chanteuses des cafés-concerts, ou femmes légitimes de petits commerçants gênés, qu'en sa qualité de banquier il tenait dans sa dépendance absolue.

Quand on voyait Richard Elliot escompter avec complaisance les billets douteux du mari d'une jolie personne, on pouvait d'avance être sûr qu'un peu plus tôt ou un peu plus tard il menacerait impitoyablement ce mari de la faillite pour le contraindre à fermer les yeux.

Outre son domicile habituel de la rue Bab-el-Oued, le banquier possédait dans un quartier désert une petite maison meublée avec un grand luxe et des raffinements inouïs de comfort.

Là il installait ses favorites pendant leur règne éphémère.

Là aussi il présidait à des orgies dignes de la décadence romaine, et dont les honnêtes gens ne parlaient qu'avec un profond dégoût.

Ce triste et méprisable personnage ne pouvait d'ailleurs abuser un observateur même superficiel. Son visage de satyre et ses yeux émérillonnés disaient les corruptions de son âme. — Instinctivement on cherchait dans ses bottines vernies le pied fourchu du faune. — Il se couvrait de parfums violents pour dissimuler l'odeur de bouc qui s'exhalait de sa personne, et il n'y parvenait qu'à demi.

En voyant un tel homme reçu dans la maison du ci-devant Prussien et admis à franchir le seuil du salon de madame Metzer ; en voyant surtout le trouble foudroyant de celle-ci et sa défaillance presque complète, l'officier frissonna de tout son corps et pressentit quelque mystère odieux.

— Ah çà, mais, — s'écria le banquier avec une sorte de ricanement passé chez lui à l'état de tic, — que se passe-t-il donc ici ce soir, cher M. Daniel?... — Singulière façon d'accueillir un visiteur qui, dites-vous, est le bienvenu ! !... — Que signifie cette syncope de la charmante madame Metzer? Est-ce que c'est grave ?...

— Je vous supplie d'excuser Léonide... — s'empressa de répondre Metzer du ton le plus humble et avec l'attitude la plus servile. — Elle est depuis ce matin très-souffrante... — J'ai commis tout à l'heure la maladresse de lui demander un peu de musique et d'insister malgré son refus... — Vous connaissez les femmes... — Il en faut moins pour expliquer une attaque de nerfs sans importance et qui sera de courte durée...

Richard Elliot campa sur son nez crochu un binocle monté en or et reprit, en ricanant de nouveau :

— Oui, vous avez raison, la crise sera courte... — Ou je me trompe fort, ou votre délicieuse femme reprend déjà connaissance dans les bras de ce jeune officier qui s'est trouvé si fort à propos près d'elle...

Léonide en effet revenait à elle peu à peu, quoique d'une façon bien incomplète encore.

Ses paupières battaient de l'aile sur ses prunelles obscurcies...

Sa poitrine se soulevait convulsivement...

Mais enfin elle se ranimait...

Georges la conduisit ou plutôt la porta jusqu'à un fauteuil sur lequel il l'assit, et où elle demeura immobile, dans une pose inerte et abandonnée.

— Permettez-moi de vous présenter un nouvel ami, — dit Daniel au banquier avec un embarras manifeste, — M. Georges Pradel, lieutenant aux zouaves et neveu de M. Domerat, le célèbre et richissime armateur du Havre...

— J'avais rencontré plus d'une fois M. Pradel et je savais son nom... — répliqua Richard Elliot. — Je suis enchanté de faire avec lui plus ample connaissance... Je l'estime... il est homme de goût... — La juive Rébecca, sa maîtresse, serait sans conteste la plus jolie personne d'Alger, si madame Metzer n'existait pas...

Léonide parut entendre ces mots et tourna vers le banquier un œil atone et sans chaleur.

Richard Elliot continua en riant :

— Moi aussi, je suis un fervent admirateur du beau sexe... — Nous sommes faits pour nous comprendre... — Votre main, cher monsieur Pradel...

Georges ne prit point la main gantée qui se tendait vers lui, et répliqua sèchement :

— Vous vous trompez, monsieur... — Il n'y a plus rien de commun entre moi et la personne que vous venez de nommer...

— Allons donc ! — Je ne saurais vous croire...

— Et moi, monsieur, — répondit Georges d'un ton provoquant, — je ne saurais admettre qu'on semble douter de ma parole !

— Ne vous cabrez pas, mon lieutenant ! — Je n'avais nulle intention de vous offenser... — Ainsi donc, vous avez rompu ?

— Je viens de vous le dire...

— Et depuis quand, s'il vous plaît, cette rupture ?...

— Ce sont mes affaires et non les vôtres, monsieur !

— C'est juste...

Léonide écoutait ce dialogue, et une sorte de flamme vague revenait éclairer ses yeux.

Lentement elle quitta son siége, et du pas d'une somnambule se dirigea vers l'une des portes.

— Quoi ! — s'écria le banquier, — madame Metzer nous quitte !...

— Où donc allez-vous, chère amie ?... — demanda Daniel d'une voix mielleuse qui sonnait faux et cachait mal sa profonde irritation intérieure.

— Je rentre chez moi... — murmura la jeune femme.

— Pourquoi vous éloigner si vite?... — Il est neuf heures à peine... — Nos amis ont le droit de compter sur vous pour leur faire les honneurs de votre salon...

— Vos amis m'excuseront... — Je suis souffrante... Je me soutiens à peine, et je ne saurais rester...

Léonide avait prononcé ou plutôt balbutié ces quelques mots sans s'arrêter.

Elle atteignit la porte, l'ouvrit et disparut.

— Oh! les femmes! les femmes! — fit Daniel Metzer en ne se donnant plus la peine de dissimuler sa colère.

— Créatures fantasques et capricieuses! — appuya le banquier avec son ricanement habituel. — Que voulez-vous, mon cher, on ne les changera pas! — Donc il faut les prendre comme ils sont, ces jolis animaux! C'est ce que je fais! — De la philosophie, mordieu!!... — Est-ce votre avis, monsieur Pradel?...

— Je n'ai point d'avis à ce sujet... — répliqua Georges.

— Pourquoi donc?

— Parce qu'il ne me convient pas d'en avoir...

— C'est une raison, mais elle est mauvaise.

— Il suffit que je la trouve bonne...

— C'est juste... — dit Richard Elliot pour la seconde fois depuis cinq minutes.

Une atmosphère de contrainte manifeste entourait les trois hommes.

Le lieutenant se sentit incapable d'endurer plus longtemps le malaise moral que lui infligeait la présence du banquier dans le logis de Léonide.

Il prit congé du maître de la maison, qui s'écria :

— Quoi ! vous aussi, vous désertez !

— Je le dois, étant de service demain au point du jour...

— Je me reprocherais alors d'insister pour vous retenir... — Mais nous nous reverrons bientôt ?...

— Je l'espère...

— Et moi j'y compte...

Georges Pradel salua sommairement Richard Elliot, et de nouveau fit semblant de ne point voir la main que lui tendait celui-ci.

Daniel l'accompagna jusqu'à la cour mauresque, et là il lui dit :

— Triste soirée, mon lieutenant ; bien commencée et mal finie... — Que voulez-vous ? Caprice de femme ! — Quand vous reviendrez, madame Metzer, je vous le promets, sera toute autre... — N'allez point oublier ce qui est convenu...

— Quoi donc ? — demanda l'officier dont la pensée était ailleurs.

— Large part dans les bénéfices à venir, très-large part, et cent mille francs à votre disposition le jour où M. Domerat deviendra mon associé... — Quand écrirez-vous à votre oncle à ce sujet ?...

Georges eut envie de s'écrier :

— Jamais ! — Vos spéculations et vos tripotages me causent un profond dégoût ! — une insurmontable répugnance.

Mais il se souvint qu'une telle réponse, lui fermant la porte du mari, le séparait irrévocablement de la femme et il répliqua :

— Je ne tarderai pas sans doute...

— Il ne faut pas tarder du tout !—reprit vivement Daniel. — En affaires, voyez-vous, tout retard est funeste ! — Croyez-moi... écrivez demain...

— J'écrirai ; mais il faudra, j'en suis convaincu, une correspondance un peu longue avant de décider mon oncle...

— Raison de plus pour ne pas perdre une minute !

— Je le répète : écrivez demain, et n'oubliez ni les fournitures militaires, ni les mines d'or d'une incalculable richesse... C'est essentiel !...

Le lieutenant sortit, mais au lieu de regagner son logis il tourna la rue et se cacha dans le couloir d'une maison qui faisait face à celle de Daniel.

De si étranges idées, des soupçons d'une si odieuse nature fermentaient dans sa tête, qu'il voulait voir

15.

de ses propres yeux Richard Elliot sortir à son tour et s'éloigner.

Le mari de Léonide rejoignit au salon son visiteur.

— Pourquoi, — lui demanda ce dernier d'un ton brusque et impérieux, — pourquoi recevez-vous monsieur Pradel ?

— Parce qu'il est le neveu de son oncle, — répondit carrément Daniel.

— Et vous comptez sur le neveu pour obtenir de l'oncle la commandite que vous rêvez ?

— J'y compte.

— Le succès est douteux...

— Soit, mais il est possible, et qui ne tente rien n'a rien...

— La présence de cet impertinent jeune homme chez vous me déplaît...

— Signez l'acte que vous savez et, n'ayant pas besoin du lieutenant, je lui fermerai ma porte aussitôt.

— Je comptais le signer aujourd'hui, cet acte ! — vous le savez bien ! — Madame Metzer devait l'apporter à ma petite maison du Vieux-Rempart... j'ai vainement attendu...

— Madame Metzer, très-souffrante, n'a pu sortir...

— Quand viendra-t-elle ?

— Probablement demain...

— Eh bien, demain, je signerai...

XXXI

L'attente du lieutenant fut courte.

Presque aussitôt après l'échange des quelques phrases que nous venons de reproduire, Richard Elliot quitta la maison de Daniel Metzer.

Georges le vit allumer son cigare, échanger sur le seuil une dernière poignée de main avec le mari de Léonide, et reprendre d'un pas saccadé le chemin de la rue Bab-el-Oued.

Sans doute aucune favorite ne l'attendait cette nuit-là à sa maison du Vieux-Rempart...

Le jeune officier rassuré regagna rapidement son logis, et nous ferons grâce à nos lecteurs des réflexions de toute nature qui, chemin faisant, se succédèrent dans son esprit.

Passecoul l'attendait devant la porte.

— Mon lieutenant, — lui dit-il en faisant le salut militaire, — une lettre pour vous....

— De quelle part? — demanda Georges.

— Elle a été apportée par le brosseur de M. le baron de Tournade, et le brosseur ne m'a rien dit, sinon que c'était pressé.

— Peut-être sera-t-il nécessaire de répondre... — Attendez ici...

— Oui, mon lieutenant...

L'officier remonta chez lui, alluma une bougie, déchira l'enveloppe et lut :

« Mon cher camarade,

« Il nous faut renoncer au plaisir de nous couper la gorge demain matin.

« Tout à l'heure, en rentrant, j'ai trouvé un pli de l'état-major général. — Ce pli renfermait l'ordre de partir au point du jour pour une expédition qui peut se prolonger pendant une ou deux semaines.

« Il paraît que certaines tribus se remuent et que les environs d'Alger pourraient bien, d'un moment à l'autre, cesser d'être absolument sûrs...

« Le service passe nécessairement avant les affaires et avant les plaisirs ; mais, dès le lendemain de mon arrivée ici, je me remettrai à votre disposition avec empressement, vous n'en doutez pas...

« Notre rencontre n'est donc que partie retardée,
à moins que, d'ici à quelques jours, la réflexion ne
vous ait démontré surabondamment qu'entre de
braves gens comme nous il n'existe aucun motif sérieux de donner ou de recevoir un coup d'épée, et
que si l'un de nous est tué, l'autre ne se consolera
jamais de sa mort.

« Pendant mon absence, d'ailleurs, vous allez avoir
le champ libre pour courtiser la belle personne
blonde que je ne veux point nommer, et c'est peut-
être moi qui serais, à mon retour, en droit de vous
provoquer...

« Soyez sûr, néanmoins, que je m'en garderai
bien...

« Nous avons fait, vous et moi, nos preuves de
courage. — A vous de décider s'il est indispensable
de faire nos preuves de folie...

« Je vous dis cela sans hésitation et sans embarras, étant prêt à vous suivre sur le terrain que vous
choisirez, qu'il soit celui du duel ou celui de la con-
ciliation.

« En attendant, mon cher ennemi, je vous serre
cordialement la main.

« Baron DE TOURNADE. »

— Il a, mordieu!! cent fois raison! — se dit
Georges après avoir lu. — Si je tuais ce cher baron,

je ne m'en consolerais point... — Pourquoi donc m'étais-je irrité de sa rivalité loyale?... Ah! ce n'est pas lui qu'il faut craindre!! Ce n'est pas là qu'est le danger!! et s'il devient nécessaire un jour de défendre et de protéger la femme de Daniel Metzer contre Daniel lui-même, au moins nous serons deux!!...

Ayant ainsi monologué, le lieutenant prit une plume et traça ces lignes :

« Mon cher camarade,

« Je tiens beaucoup à ce que vous n'emportiez en partant ni souci, ni arrière-pensée, du moins en ce qui me concerne.

« J'ai été absurde... — J'en conviens tout naïvement et je vous demande d'oublier ma ridicule provocation, dont je ne me souviens moi-même que pour la regretter...

« Ce que je vous écris, je suis prêt à le répéter devant nos camarades, au café d'Apollon, et si quelqu'un s'en montre surpris c'est avec ce quelqu'un-là que je me battrai...

« Donc, c'est fini, — c'est effacé, — c'est oublié.

« Bonne chance dans votre expédition...

« Ah! les tribus s'agitent... — Ah! nous allons avoir des pillards aux environs d'Alger... — Eh bien !

j'en suis ravi!! — Un ciel toujours pur est en-
nuyeux... Une paix trop complète est monotone...
Si la « poudre parle », comme disent les Bédouins,
tant mieux!!...

« Revenez vite et revenez intact...

« En attendant, mon cher camarade, je vous serre
cordialement la main.

« Georges Pradel. »

Le neveu de M. Domerat mit son billet sous enveloppe, ouvrit la fenêtre donnant sur la rue et appela
son brosseur qui se trouvait en grande conférence
avec quatre ou cinq individus dont les ténèbres assez
profondes ne permettaient de distinguer ni les visages, ni les costumes.

En entendant la voix de l'officier ces formes vagues, réunies en groupe, se dispersèrent et dispa-
rurent.

Passecoul monta et ouvrit la porte.

— Cette lettre chez le baron de Tournade, tout de
suite.. . — lui dit Georges.

— Oui, mon lieutenant...

— Vous savez l'adresse?

— Oui, mon lieutenant.

— Avec qui causiez-vous dans la rue quand j'ai
appelé?...

— Avec des camarades de la compagnie qui ont

la permission de dix heures et qui rentrent à la caserne...

— C'est bien... — Allez.

Passecoul sortit.

Nous devons expliquer brièvement à nos lecteurs par suite de quelles circonstances une adorable créature comme Léonide avait consenti à devenir la femme de Daniel Metzer, personnage odieux et pres‑ que repoussant.

Ceci nous permettra de dire ce qu'était au juste ce personnage.

Né en Prusse, nous le savons, d'une famille juive très-pauvre, et venu à Paris dès l'âge de seize ans Daniel Metzer, quoiqu'absolument dénué de ressources, avait pris l'engagement vis-à-vis de lui-même de faire un jour une grande fortune.

Hâtons-nous d'ajouter qu'aucun bagage de scrupules ne devait entraver sa marche et qu'il était bien résolu à arriver à son but par tous les moyens non justiciables des tribunaux.

Daniel craignait deux choses : la police et la prison. — Le vol et l'assassinat lui semblaient dangereux, et d'ailleurs inutiles...

Pourquoi risquer le bagne ou la guillotine quand,

pour un homme adroit et sans préjugés, les marges
du code sont si larges?...

« Tout ce qui n'est pas catégoriquement défendu
est permis par cela même!! » pensait Daniel Metzer,
et ce sophisme devait être la base de sa conduite et
la règle de sa vie.

Ses débuts à Paris furent très-rudes.

Il lui fallait un petit capital pour commencer,
pour entreprendre les affaires, et difficilement on
fait quelque chose avec rien...

Le juif allemand demanda les premiers sous de ce
capital à une foule de métiers suspects et parfois
inavouables. — Il s'installa à la porte des gares et
des théâtres, offrant aux naïfs des jumelles en carton
verni avec verres grossissants taillés dans un carreau
de vitre. — Il vendit des chaines de montre en laiton
« contrôlé à la Monnaie. » — Il proposa aux collé-
giens et aux vieux messieurs des cartes transpa-
rentes à sujets « gais. » — Il colporta à domicile chez
les étudiants des photographies ultra-réalistes et des
livres graveleux. — Il se fit « le guide de l'étranger
dans Paris, » conduisit à Mabille et ailleurs les Amé-
ricains fraîchement débarqués avec un joli sac de
dollars, et leur donna, moyennant finance, les
adresses des danseuses excentriques dont « les cava-
liers seuls » fascinaient leurs regards et troublaient
leurs cœurs.

Daniel Metzer avait, on le voit, bon nombre de cordes à son arc, seulement la meilleure de ces cordes ne valait pas le diable.

En se donnant énormément de peine il vivait tant bien que mal, — plutôt mal que bien, — et le petit capital si ardemment souhaité n'apparaissait point à l'horizon.

Ce qui servait d'âme au juif allemand était d'une trempe vigoureuse.

Il ne se découragea pas, et à ses occupations déjà si nombreuses il en joignit de nouvelles, — non moins honorables que les premières.

Le hasard l'avait mis en rapport avec un certain *Stanislas Picolet*, généralement appelé *Stany*, et qui signait par abréviation *Sta. Pi.*

Ce *Sta. Pi.* était l'un des rouages principaux de la fameuse agence Roch et Fumel, dont nous avons expliqué le mécanisme dans *le Mari de Marguerite* et dans *les Tragédies de Paris*.

Daniel Metzer, grâce à la recommandation de Stany Picolet, fut agréé par Fumel en qualité d'agent de sa police interlope, et employé à filer de pauvres femmes pour le compte de maris jaloux, désireux d'établir les bases de procès en séparation.

Dans la brigade fantaisiste de l'ingénieux et économe Fumel il n'y avait pas d'eau à boire, mais le juif allemand, plus ingénieux encore que Fumel, y trouva mainte occasion de pratiquer un peu de chantage...

Or, personne n'ignore que dans la bonne ville de Paris le chantage rapporte beaucoup.

Le procédé de Daniel Metzer était simple et point dangereux.

— Je vous compterai la somme importante de vingt francs, — lui disait Fumel, — le jour où vous m'apporterez la preuve que madame *** donne à son mari le droit d'ajouter à son nom certaine épithète un peu gauloise devant laquelle n'ont reculé ni Molière, ni Paul de Kock...

Daniel Metzer espionnait avec un vrai talent — (il avait la vocation), — et se trouvait bientôt possesseur des preuves demandées ; mais, au lieu de remettre ces preuves à Fumel et de toucher vingt francs, il allait trouver madame ***, lui racontait par le menu ses pas et ses démarches, et finissait par lui proposer le silence moyennant vingt-cinq louis comptant.

La malheureuse acceptait toujours, mettait au besoin quelques bijoux en gage et payait sa rançon.

Et quand Fumel demandait :

— Eh bien ! quoi de nouveau ? — Madame ***?.:.

Daniel répondait :

— Madame *** est un ange que son mari soupçonne

à tort, et qui consacre à des œuvres de charité le temps qu'elle passe hors de chez elle...

Le juif allemand commençait à entrevoir dans un avenir plus ou moins éloigné la réalisation de ses rêves...

Le petit capital se constituait enfin...

Il allait bientôt grossir...

XXXII

Daniel Metzer, — nous l'avons dit, — s'était fait naturaliser Français dans le but d'inspirer plus de confiance à nos compatriotes lorsque l'état de ses finances lui permettrait de commencer les grandes affaires, mais ses sympathies et ses instincts restaient allemands.

Il avait conservé, ou pour mieux dire il avait noué de nombreuses relations dans son pays natal, en se disant qu'un jour viendrait peut-être où il pourrait les utiliser.

Ce jour arriva.

De 1867 à 1870 Daniel fit de l'espionnage pour le compte des agents de M. de Bismarck.

Il faut rendre à la Prusse cette justice qu'elle paye largement ses espions.

Au moment de la déclaration de guerre le chiffre des économies du juif devenait respectable.

Après la signature du traité de paix il augmenta notablement ce chiffre en prenant part au fameux emprunt de cinq milliards dont le montant fut plus de quarante fois souscrit.

Il réalisa et se trouva riche de deux cent mille francs à peu près.

Pour lui ce n'était rien encore...

Il voulait un million et ne se dissimulait point que, quand il tiendrait ce million, sa préoccupation unique et son ambition légitime seraient de le doubler.

En 1871 un vieil employé de Roch et Fumel lui parla par hasard d'une agence fondée vingt-cinq ou trente ans auparavant par deux gredins de la pire espèce, mais d'une incontestable supériorité, qui se nommaient Rodille et Laridon (1).

Cette agence, après avoir donné de merveilleux résultats, avait disparu en même temps que ses fondateurs, atteints par la justice de Dieu qui devançait celle des hommes.

Daniel Metzer reprit en sous-œuvre l'idée essentiellement féconde qui faisait le plus grand honneur au génie inventif de Rodille.

Voici en quoi consistait cette idée et quel mé-

(1) *La voyante.*

canisme ingénieux elle mettait en mouvement.

Chaque fois qu'un individu quelconque, possédant une fortune de certaine importance, venait à décéder sans laisser de parents connus et sans avoir écrit de testament — (le cas est moins rare qu'on ne pense), — Daniel Metzer se posait en rival du fisc, à l'affût, personne ne l'ignore, des biens tombés en déshérence, et lançait sur toutes les pistes une demi-douzaine de limiers faméliques, misérablement soldés par lui et qui, huit fois sur dix, venaient à bout de découvrir, à force de démarches patientes et de recherches infatigables, quelque héritier ignoré ne soupçonnant point lui-même sa parenté avec le défunt.

Aussitôt l'héritier découvert, le rôle des limiers était terminé et celui de Daniel Metzer commençait.

Le juif allemand, vêtu de noir de la tête aux pieds, cravaté de blanc comme un parfait notaire, portant sous son bras gauche un immense portefeuille bourré de titres et de papiers timbrés et donnant à son large visage tudesque une expression discrète et mystérieuse, se mettait immédiatement en rapport avec le parent au degré successible et lui disait à peu près ceci :

— Je suis, monsieur, un homme d'affaires... — Certain secret de haute importance, qui vous intéresse personnellement, est arrivé en ma possession par le plus grand hasard du monde...

— Un secret qui m'intéresse?... — murmurait l'héritier sans le savoir.

— Mon Dieu oui, et je crois, ou plutôt j'ai la certitude qu'il me serait possible de vous faire toucher une somme assez ronde sur laquelle vous ne comptez aucunement, et que sans moi vous ne toucheriez jamais...

— Une somme ronde?... — répétait le client stupéfait.

— Oui, monsieur... une somme agréablement ronde... Mais il y a des démarches à entreprendre et des avances à faire...

Ici une moue caractéristique se dessinait sur les lèvres du client.

Daniel continuait :

— Je m'empresse d'ajouter que je me chargerais seul des démarches et des avances, et voulant qu'il vous soit matériellement et moralement impossible de mettre en doute mon entière bonne foi et de soupçonner un de ces piéges qu'on rencontre si souvent sur son chemin dans la vie, je prendrais par écrit et je signerais l'engagement de ne pas vous demander un centime avant d'avoir mis en vos mains l'argent dont il s'agit...

Le client auquel s'adressaient ces paroles était généralement un pauvre diable fort besoigneux.

Son étonnement et sa joie, on le comprend, n'avaient pas de bornes.

D'un ton persuasif et d'une voix mielleuse Daniel poursuivait :

— Reste à savoir maintenant, cher monsieur, si vous êtes homme à reconnaître d'une façon convenablement rémunératrice les avances, démarches, recherches, peines et soins de toute sorte, nécessaires et même indispensables pour mener à une heureuse conclusion l'affaire litigieuse dont j'ai l'honneur de vous entretenir...

Le client s'écriait avec expansion :

— Me feriez-vous l'injure, monsieur, de douter de ma reconnaissance et de ma générosité?

Daniel dodelinait sa tête carrée en souriant d'un air agréable.

— En douter !! Que Dieu m'en garde ! — répliquait-il. — Je crois absolument à l'une et à l'autre, mais les affaires sont les affaires... — Celle qui nous occupe est des plus sérieuses, toute à votre avantage, exempte de risques, du moins pour vous, et quelques garanties me paraissent utiles...

— Eh ! monsieur, disposez de moi !... — répliquait invariablement le futur héritier. — Je suis à votre discrétion... — Que voulez-vous ? — Que demandez-vous ?...

— Une chose qui, sans le moidre doute, vous semblera de toute justice...

— Et cette chose?

— Elle est très-simple... — Vous me signerez un petit acte en bonne et due forme, m'assurant la moitié de toutes les sommes, quelles qu'elles soient, que vous recouvrerez grâce à moi...

Le client bondissait.

— La moitié!! — s'écriait-il. — Allons donc!!...

— La moitié, — répétait Daniel.

— C'est de la folie!!

— Je ne trouve pas.

— Je vous offre dix pour cent...

Daniel saluait sans dire un mot, remettait sous son bras gauche son vaste portefeuille et tournait sur ses talons.

Le client l'arrêtait par ces mots :

— Eh bien! un quart...

Daniel saluait de nouveau.

— Pas plus un quart qu'un dixième... — répliquait-il. — La moitié ou rien... C'est à prendre ou à laisser, cher monsieur, et décidez-vous vite, je vous prie... Je suis un peu pressé...

— Vous m'égorgez!

— Vous voulez dire que je vous enrichis...

— Vous me mettez le pistolet sur la gorge!...

— Il serait plus juste de parler des sacs d'écus que j'offre de mettre en votre caisse...

— Eh ! je ne les tiens pas encore ! !

— Tant que vous ne tiendrez rien, vous n'aurez rien à donner... — Sommes-nous d'accord ?... — Acceptez-vous ?...

— Impossible ! — La moitié, c'est trop !...

Daniel saluait derechef et reprenait le chemin de la porte. — Le futur héritier l'arrêtait de nouveau et s'efforçait, mais sans succès, de l'amener à composition.

Bien certain d'être le plus fort, le juif ne cédait pas un pouce de terrain et terminait l'entretien par cette phrase d'un effet sûr :

— Réfléchissez, cher monsieur, réfléchissez ; et pour peu que vous croyiez avoir le moyen de vous passer de moi, regardez ma visite comme non avenue et supposez que je ne vous ai rien dit... — Voici mon adresse ; — si vous jugez convenable de venir causer avec moi, vous me trouverez à mon cabinet tous les matins, de dix heures à midi...

Le client resté seul remuait ciel et terre pour découvrir d'où pourrait lui tomber la rosée bienfaisante de cette fortune inespérée.

Mais, faute de fil conducteur, il s'égarait dès les premiers pas et, reconnaissant enfin sa complète impuissance, il prenait au bout de quelques jours le chemin du cabinet de Daniel Metzer.

Ce dernier, bien loin de se draper orgueilleusement dans son importance d'homme indispensable, l'accueillait avec une bonhomie pleine de simplicité.

Aucune discussion nouvelle ne s'élevait, comme bien on pense, — l'acte était signé. — Le client recevait aussitôt la preuve de ses droits indiscutables à l'héritage du parent inconnu, héritage sur lequel il n'avait jamais compté et dont néanmoins il ne se consolait qu'à grand'peine de ne toucher que la moitié...

On comprend dans quelles proportions des opérations de ce genre, renouvelées souvent, augmentaient le capital du juif allemand...

Cela ne lui suffisait point ; — il rêvait mieux encore...

Un certain Michel Saulnier, colon célibataire sans héritiers connus, se laissa mourir un beau jour en Afrique, en 1872, dans une propriété qu'il possédait aux environs de Blidah, laissant une fortune de trois cent mille francs.

Les limiers de Daniel se mirent en campagne aussitôt et découvrirent qu'une demoiselle Henriette Prouvaire, cousine germaine de Michel Saulnier, avait épousé à Paris un commerçant nommé Gallard, et depuis plusieurs années était morte, laissant une fille.

Retrouver le père et la fille fut pour Daniel une chose extrêmement facile.—Il apprit que M. Gallard, fabricant de bronzes d'art au Marais et le plus honnête homme du monde, se trouvait entièrement ruiné par suite de circonstances malheureuses, et au moment de faire faillite...

Il sut en outre que Léonide Gallard, âgée de dix-huit ans à peu près, avait reçu une excellente éducation dans un grand pensionnat et était remarquablement jolie.

— Certainement, — pensa le juif, — il y a là une bonne affaire à conclure...

Et il prit le chemin de la rue du Pas-de-la-Mule où se trouvait la fabrique de M. Gallard.

XXXIII

Le fiacre de Daniel Metzer s'arrêta devant une maison assez vaste qui avait été jadis un hôtel seigneurial et que les ateliers et les magasins de M. Gallard occupaient tout entière.

Le juif allemand, vêtu de noir comme de coutume et cravaté de blanc, entra dans une cour que les ouvriers et les clients remplissaient de mouvement et de vie, à l'époque de prospérité de la fabrique.

Maintenant, elle était triste et silencieuse.

Les hautes fenêtres du rez-de-chaussée des deux corps de bâtiments en retour, laissaient voir d'un côté les ateliers déserts, de l'autre les magasins presque vides.

Dès les premiers pas, la ruine complète de l'industriel sautait aux yeux des moins clairvoyants.

Daniel traversa cette cour, gravit le perron dont tant de gentilshommes empanachés et de grandes dames aux robes traînantes avaient foulé les marches au temps où la place Royale était le centre des élégances raffinées et le cœur de Paris.

Dans le vestibule il fit la rencontre d'un gamin d'une douzaine d'années, en casquette, en blouse, et l'air éveillé.

— Qu'est-ce que vous cherchez, m'sieu ? — lui demanda ce gamin.

— Je voudrais parler à M. Gallard.

— Le patron est là...

En même temps le gavroche ouvrait la porte d'une grande pièce, autrefois salon d'apparat.

La coupole du salon conservait des traces de fresques.

Au milieu de la teinte grisâtre uniforme résultant de la poussière et de la fumée, on voyait émerger çà et là le torse voluptueux d'une nymphe ou le visage bouffi d'un amour.

Les *ors* rougeâtres et ternis des corniches et des boiseries restaient parfaitement distincts.

Ce salon avait été coupé en deux par une sorte de cage grillagée, percée de plusieurs guichets et d'une porte.

Derrière ce grillage se trouvaient la caisse, le bureau du caissier et celui du teneur de livres.

Tout autour de la partie restée libre de l'ancien salon régnait à hauteur d'appui une sorte de console en bois peint, destinée à l'exposition des modèles les plus réussis et des objets d'art les plus récents.

Elle ne supportait maintenant que quelques statuettes mal venues et quelques groupes de peu de valeur.

Là aussi, comme dans la cour, la ruine avait mis son empreinte.

— Hé ! patron, — cria le gamin, — v'là un monsieur qui vous demande...

Et il s'en alla.

La porte pratiquée dans le grillage de la partie réservée s'ouvrit aussitôt et M. Gallard parut.

C'était un homme de cinquante ans à peu près, très-grand, très-maigre, presque chauve, avec des favoris grisonnants.

Sa figure incolore, aux traits réguliers quoiqu'effacés, exprimait la douceur, la tristesse, la résignation, mais rien qui dénotât, même vaguement, la force d'âme et l'énergie.

Vêtu d'une façon très-simple comme un petit bourgeois du Marais, l'industriel avait sur la tête une calotte de velours noir et portait des lunettes.

Il ôta sa calotte en voyant Daniel et salua.

Le costume noir, la cravate blanche et le volumineux portefeuille du visiteur paraissaient lui causer une sérieuse inquiétude.

— Est-ce à monsieur Gallard que j'ai l'honneur de parler ? — demanda le juif prussien.

— A lui-même, — répondit le fabricant, et il ajouta d'un ton timide : — Êtes-vous un créancier, monsieur, ou le représentant d'un créancier?...

— Ni l'un, ni l'autre... — Je suis un client...

— Un client... — répéta M. Gallard. — Il me semble cependant que je ne vous ai jamais vu...

— Vous ne vous trompez pas... Je viens ici pour la première fois... — Je vous apporte une commande importante... — Il s'agit de plusieurs groupes, destinés...

— Ah ! monsieur, — interrompit M. Gallard, — à quoi bon me donner des explications inutiles?... — Je ne puis, à mon grand regret, accepter votre commande... — Les travaux de ma maison sont arrêtés...

Daniel Metzer le savait à merveille et cependant il parut très-surpris.

— Les travaux de votre maison sont arrêtés ! — s'écria-t-il. — Pourquoi cela ?...

M. Gallard laissa tomber ses bras le long de son corps et murmura avec une expression navrante :

— Des malheurs...

— Excusez mon indiscrétion... — reprit Daniel. — J'ai beaucoup entendu parler de vous, monsieur, et dans les meilleurs termes... — Vous m'inspirez un vif intérêt... Ce n'est donc point par curiosité que je me permets de vous demander si les malheurs dont il s'agit sont irréparables...

— Irréparables, oui, monsieur, puisqu'il faudrait pour les réparer un argent que je n'ai pas, que je ne puis pas avoir... — Faute d'une somme impossible à trouver, et que je ne cherche même plus, je vais, après un long passé de travail et d'honneur, être mis en faillite, c'est-à-dire déshonoré !!... — Ah ! monsieur, si je n'avais une pauvre enfant que je ne puis abandonner sans crime, je me serais déjà brûlé la cervelle, car la pensée de la honte me tue !! Oui, elle me tuera... Mais au moins je n'aurai pas, volontairement, fait de ma fille une orpheline, et Dieu qui lui prendra son père aura peut-être pitié d'elle après ma mort...

— Monsieur, — dit le juif allemand, — vous parlez d'une somme impossible à trouver et que vous ne cherchez même plus... Quel est le chiffre de cette somme ?...

Le fabricant regarda son interlocuteur avec étonnement et défiance.

— Vous m'avez affirmé tout à l'heure que vous n'étiez point un créancier, — répliqua-t-il. — Alors, que vous importe ?... Pourquoi me demandez-vous ce chiffre ?...

— Vous ferez bien de me répondre, je vous l'affirme... Je vous en donne ma parole...

M. Gallard parut hésiter, puis il se décida brusquement.

— Qu'est-ce que je risque après tout ? — murmura-t-il. — Rien ne saurait aggraver ma situation désespérée... — Il me faudrait vingt mille francs, monsieur...

— Avec vingt mille francs vous seriez sauvé ?...

— Sauvé de la faillite, oui ; non de la pauvreté, puisqu'il ne me resterait pas un sou... mais ceci m'importerait peu... — Je suis moins âgé que je n'en ai l'air... Je recommencerais à travailler comme un jeune homme... — Je ferais besogne d'ouvrier et je gagnerais assez d'argent pour donner du pain à ma fille...

Daniel reprit avec une émotion bien jouée :

— Vous êtes un honnête homme, monsieur Gallard... — L'intérêt des honnêtes gens vous est acquis d'avance... — Je connais quelqu'un qui vous viendra en aide...

Le fabricant suffoqué leva les mains vers le ciel et ne trouva pas la force d'articuler une parole.

Le juif continua :

— Les vingt mille francs qu'il vous faut doivent-ils couvrir des créances échues ou des créances à échoir ?...

— A la fin du mois dernier, — balbutia M. Gallard,
— je n'ai pu payer dix mille francs de traites portant ma signature... — Le 15 courant, c'est-à-dire
après-demain, on me présentera d'autres traites, également de dix mille francs... et je ne pourrai payer...

— C'est ce qui vous trompe, — vous payerez.

— Avec quoi ?...

— Avec les fonds que je vais à l'instant mettre à
votre disposition, contre votre simple reçu, en un
chèque à vue sur la Compagnie générale...

M. Gallard était devenu livide.

— Si vous vous jouez de moi, monsieur... — dit-il
d'une voix à peine distincte, — c'est un jeu bien
cruel ! ! !

— Avant cinq minutes vous aurez la preuve que
je n'ai de ma vie parlé plus sérieusement... — En-
trons dans votre cabinet... je vais signer le chèque...

— Vous ferez cela ??

— Je le ferai...

— Sans me connaître ! !

— Je vous connais, puisque je vous sais laborieux
et probe... — Cela suffit... j'ai confiance. — D'ailleurs je suis riche et je crois qu'une bonne action
vaut souvent mieux qu'un bon placement...

Daniel disait ces choses avec une onction merveilleuse. — Jamais grand comédien ne fut plus complet.

— Venez donc... — murmura M. Gallard, — et
que Dieu vous récompense !...

Les deux hommes passèrent dans le cabinet formé
par le grillage.

Le juif tira de la poche de côté de son habit noir
un livre de chèques qu'il portait sur lui.

Il prit un des chèques et, s'installant devant le
bureau vide du caissier, il se prépara à le remplir et
à le signer.

— Assurément je suis dupe d'une illusion... — dit
M. Gallard qui ne pouvait en croire ses yeux. — Ce
qui se passe est impossible...

— « Le vrai peut quelquefois n'être pas vraisem-
blable ! » — répliqua Daniel en riant.

— Que je sache au moins le nom de mon bienfai-
teur...

— Vous le lirez sur ce chiffon de papier... — j'écris
lisiblement...

Et le juif tendit au fabricant le chèque à vue, rem-
pli et signé.

M. Gallard crut qu'il allait devenir fou.

Il lut le nom écrit au bas du chèque, il saisit les
deux mains de Daniel Metzer et, malgré la résistance
de ce dernier, il les appuya contre ses lèvres puis,
se précipitant hors du cabinet, il cria de toutes ses
forces :

— Léonide !... Léonide !... viens, mon enfant ! viens vite ! !

— Voilà qui va bien... — pensa le juif.

Une ou deux minutes s'écoulèrent et Léonide Gallard accourut, tout émue.

XXXIV

Mademoiselle Gallard avait alors dix-huit ans à peine.

Elle était très-timide.

En voyant un étranger auprès de son père qu'elle croyait trouver seul, elle devint pourpre.

Cette rougeur soudaine donna un nouvel éclat à sa beauté virginale déjà si frappante.

Daniel Metzer fut littéralement ébloui.

— L'homme dont cette merveilleuse créature sera la femme, — pensa-t-il, — pourra triompher de tous les obstacles et parvenir à tout... — N'eût-elle pas un sou je l'épouserai, et en l'épousant je ferai une bonne affaire...

Dans le raisonnement du juif, l'amour, — on le voit, — ne tenait aucune place.

Cette âme de boue, ce cœur cupide, ne pouvaient ni comprendre ni ressentir un sentiment tendre.

Léonide, élégante et distinguée dans son humble vêtement de laine noire, ses cheveux blonds tordus et fixés sur sa tête avec une simplicité qui faisait valoir leur richesse, s'était arrêtée après avoir franchi le seuil du cabinet, et elle attendait une parole de son père.

Daniel la salua respectueusement.

Elle répondit à ce salut en s'inclinant d'une façon tout à la fois gracieuse et modeste.

— Mon enfant, ma chère enfant, — s'écria M. Gallard en prenant sa fille dans ses bras et en la pressant contre sa poitrine. — Depuis bien des jours tu me vois profondément triste, et quand tu m'interroges sur les motifs de cette tristesse je te réponds des paroles vagues qui ne t'expliquent rien... Je puis maintenant t'ouvrir enfin mon cœur... — Malgré mon travail, malgré mes efforts, je n'avais pu conjurer la mauvaise fortune... — Tout se trouvait perdu, même l'honneur, car ceux que j'entraînais dans ma ruine devaient douter de ma bonne foi... — Survivre à ma honte m'était impossible, je le sentais trop, et j'éprouvais cette douleur immense de penser que bientôt tu serais seule au monde... sans asile et sans ressources...

Léonide avait relevé la tête et, tandis que son

père parlait ainsi, elle attachait sur lui un regard effaré.

Il reprit :

— J'ai cruellement souffert... La souffrance rend mauvais... — Un moment j'ai douté de la bonté divine, car il me semblait que Dieu n'était pas juste en me frappant ainsi... — Aveugle et fou, j'accusais le ciel à l'heure précise où Dieu m'envoyait un sauveur...

— Un sauveur?... — répéta la jeune fille.

— Oui... — continua l'industriel en désignant Daniel. — Monsieur... Monsieur dont il y a quelques minutes à peine je ne soupçonnais point l'existence!... — Il me vient en aide avec une générosité sans exemple, avec une noblesse inouïe!... — Il m'apporte le salut!!... N'oublie jamais que tu dois à monsieur la vie et l'honneur de ton père!...

Ici Daniel jugea convenable d'intervenir.

— Cher monsieur Gallard, — dit-il, — je vous en prie, n'exagérez rien... — Ce que je fais est la chose du monde la plus simple... — Personne n'est aussi digne que vous de la sympathie des honnêtes gens... — Je suis heureux, très-heureux de vous être utile, et je ne mérite en aucune façon, je vous assure, les transports de votre reconnaissance...

— Et cependant, monsieur, — murmura Léonide d'une voix tremblante, en essuyant les larmes d'at-

tendrissement qui roulaient sur ses joues, — vous
n'échapperez point à la mienne... — Elle est immense, elle est impérissable, elle est gravée au plus
profond de mon cœur et ne s'en effacera jamais...

— Oh! mademoiselle, — s'écria le juif en simu-
lant une émotion vive ; — pour entendre de telles
paroles, pour voir couler de telles larmes, que ne
ferait-on pas?...

— Maintenant, mon généreux sauveur, — reprit
M. Gallard après quelques minutes de nouvelles ef-
fusions, — je vous en prie, parlons d'affaires...

— Comment l'entendez-vous ? — demanda Daniel.

— Vous voilà mon unique créancier...

— Ne prononcez pas ce vilain mot! — interrompit Metzer en riant. — Je prétends n'être point un
créancier pour vous...

— Enfin, je vous dois vingt mille francs... — Vous
êtes heureux de me les prêter, je serai fier et heureux de vous les rendre... — Il s'agit de régler les
époques auxquelles je m'acquitterai envers vous...

— Nous nous entendrons à ce sujet quand et
comme il vous plaira... pourvu que ce ne soit point
aujourd'hui...

— Pourquoi?

— Parce que je le désire... — Cette raison, je l'espère, vous paraît suffisante...

— Certes !! mais cependant...

— Voulez-vous donc, — interrompit lé juif pour la seconde fois avec le plus tudesque de ses sourires, — voulez-vous donc m'ôter le prétexte de vous visiter ?·

— Le prétexte !! — s'écria M. Gallard, — en avez-vous besoin ? — Cette maison, désormais, est la vôtre... — Permettez-moi d'espérer que vous en prendrez souvent le chemin...

— Oui, souvent... si vous m'y encouragez, et si mademoiselle votre fille ne me le défend pas...

— Ah! monsieur... — balbutia Léonide, — qui donc, plus que le sauveur de mon père, serait le bienvenu chez nous ?...

— Et, — continua M. Gallard, — laissez-moi vous présenter une requête... En l'accueillant vous nous causerez une joie vive, à Léonide et à moi...

— S'il en est ainsi, je réponds : oui, d'avance...

— Eh! bien, venez demain vous asseoir à notre table modeste... — Le repas sera plus que simple ; mais vous trouverez des mains amies pour serrer la vôtre, des cœurs reconnaissants et des visages heureux... grâce à vous...

— J'accepte : — j'accepte cent fois pour une, et avec un plaisir si vif que je ne saurais l'exprimer....·
— Permettez-moi seulement de vous faire observer

que vous ne m'avez pas présenté de façon officielle
à mademoiselle votre fille... Je vais donc me présenter moi-même et vous donner à tous les deux sur
ma personne et sur ma situation quelques détails
indispensables. — Je me nomme Daniel Metzer... —
Je suis Français, quoique né en Allemagne... — J'ai
trente-deux ans... — J'ai été seul l'artisan de ma
fortune, qui n'est pas énorme, il est vrai, mais dont
je puis être fier, l'ayant conquise à force de travail...
— En arrivant à Paris j'avais pour tout capital mon
courage et ma probité... — Je possède aujourd'hui
trois cent mille francs nets et liquides... — Ce n'est
qu'un commencement... J'ai la certitude de devenir
très-riche... — Je m'occupe d'affaires de bourse et
je le fais avec une prudence qui me met à l'abri de
tout désastre, car je ne livre rien au hasard et ne me
lance point à l'aventure dans des spéculations dangereuses... — Ma réputation est inattaquable, ce qui
vaut mieux que beaucoup d'argent... — Peut-être
un jour dira-t-on de moi : Daniel Metzer le millionnaire... dans tous les cas on dira certainement : Daniel Metzer l'honnête homme... — Vous me connaissez à cette heure aussi bien que si depuis quinze
ans vous aviez vécu près de moi...

M. Gallard prit les deux mains de son interlocuteur et, les serrant avec enthousiasme, s'écria :

— Vous n'avez pas tout dit ! — J'ai le droit d'ajouter que si vous êtes le plus honnête des hommes, vous en êtes aussi le meilleur !!...

Léonide n'avait point écouté sans émotion les paroles de Daniel, et elle pensait :

— Que les visages sont trompeurs, et comme on jugerait mal en ne jugeant que sur l'apparence !!... — Sous cette enveloppe si peu sympathique, Dieu a caché le cœur le plus noble et l'âme la plus pure et la plus généreuse !!...

Daniel Metzer quitta la maison de la rue du Pas-de-la-Mule et remonta dans son fiacre en se disant :

— Décidément, et sans vanité, j'ai joué mon rôle à ravir... — Peut-être y avait-il en moi l'étoffe d'un grand comédien !!... — La conquête du père est complète. — Il ne s'agit plus désormais que de ne point déplaire à la fille... — Il faut réussir... — Il faut épouser... — Cent mille écus comptant, un domaine en Afrique et la plus jolie femme de Paris, tout cela d'un coup de filet, c'est une opération très-coquette, et je veux que le diable m'emporte si je ne la mène à bonne fin !!...

Le lendemain, à six heures précises, l'Allemand naturalisé arrivait chez M. Gallard, apportant un bouquet d'un louis qu'il demanda la permission d'offrir à Léonide.

On devine que cette permission lui fut accordée de grand cœur.

17.

L'industriel était rayonnant.

Ayant touché dès le matin à la Société générale le montant du chèque signé par Daniel, il avait désintéressé sans retard les porteurs de ses premières traites.

Ceux-ci qui regardaient leur argent comme perdu, surpris et enchantés d'un remboursement immédiat et complet, et flairant les capitaux d'un commanditaire, avaient accablé M. Gallard de protestations de dévouement et d'offres de service.

La ponctuelle exactitude des payements du lendemain rendrait à la solvabilité du fabricant sa bonne renommée toute entière.

Des ouvertures de crédit résulteraient à coup sûr de cette situation nouvelle.

Bref, l'industriel se voyait à même de reprendre dans un prochain avenir ses affaires interrompues, et de relever sa maison.

Ces beaux rêves, succédant presque sans transition aux angoisses d'une faillite qui la veille semblait inévitable, causaient à M. Gallard une ivresse facile à comprendre.

Daniel Metzer, envisagé par lui à travers le prisme de sa reconnaissance, lui paraissait charmant.

Léonide ne partageait cette illusion que dans une certaine mesure, et pourtant, quand l'unique servante du logis apporta le dessert sur la table, la jeune fille, sans se dissimuler la trivialité lourde du convive de son père, le trouvait déjà moins antipathique.

— Et puis, — se disait-elle, — qu'importe? Il est si bon!!...

XXXV

Daniel Metzer revint le lendemain, puis le surlendemain, puis tous les jours.

Le père et la fille prenaient si bien l'habitude de le voir que, s'il avait manqué à sa visite quotidienne, un vide très-réel aurait résulté de son absence.

Très-communicatif avec M. Gallard, il témoignait à Léonide une sorte de tendresse réservée qui ne ressemblait point à la galanterie et n'intimidait pas la gracieuse enfant.

Sans s'expliquer d'une façon catégorique, il laissait entrevoir à l'industriel la probabilité d'une association, grâce à laquelle on pourrait donner aux affaires de la fabrique un développement considérable.

Prenant pour argent comptant ces vagues promesses, le fondeur en bronzes voyait déjà son nom dans le Bottin, suivi des deux lettres : N. C. — *Notable commerçant!*

— Que Dieu et Daniel Metzer soient bénis! — pensait-il. — Ma fille bien-aimée ne connaîtra point la pauvreté!!

Un soir l'Allemand naturalisé dit à son hôte, d'un ton mystérieux et d'un air ému :

— Je sollicite de vous, cher monsieur, un entretien confidentiel... — J'ai à vous entretenir de choses qui, pour moi du moins, sont de grande importance...

L'entretien confidentiel fut à l'instant même accordé.

Daniel avoua à M. Gallard qu'il éprouvait pour Léonide un profond et sérieux amour; il ajouta qu'il se sentait capable de faire d'elle une femme heureuse et honorée, et il termina en demandant catégoriquement sa main.

L'industriel, surpris et charmé, s'écria que le mariage de sa fille avec l'homme qu'il estimait le plus au monde comblerait ses désirs, mais qu'il ne pouvait cependant disposer de Léonide sans l'avoir consultée.

— C'est trop juste, — répliqua Metzer, — et je m'attendais à cette réponse... — Si je dois obtenir l'adorable créature en qui j'ai placé toutes mes espérances, tout mon avenir, toute ma vie, je veux l'obtenir d'elle autant que de vous-même... — Je mets avec confiance mes intérêts dans vos mains amies...

— Plaidez bien ma cause, je vous en supplie !!...

— Ah! vous pouvez compter sur moi! — Je ne me pique pas d'être un grand clerc et je serais un pauvre avocat, mais j'aurai l'éloquence du cœur, je vous le promets...

— L'incertitude est un cruel supplice... — reprit Daniel. — Je vais être sur des charbons ardents, vous le comprenez, tant que je ne saurai pas si l'espoir m'est permis... —. Quand parlerez-vous à mademoiselle votre fille ?...

— Tout de suite si vous le voulez...

— Ah! que c'est bon à vous d'avoir pitié de mes angoisses !! — Je n'aurais pas osé témoigner tant d'impatience et vous presser de telle sorte, mais j'accepte avec ivresse votre offre généreuse... — Allez bien vite... J'attends ici, et je ne vivrai plus avant votre retour...

— J'y vais...

M. Gallard courut trouver sa fille, et brusquement, sans phrases, il lui dit en la prenant dans ses bras :

— Chère enfant, il nous arrive une chance heureuse... inespérée !.. Daniel Metzer, cet homme excellent qui presque sans me connaître m'a sauvé de la ruine et du déshonneur, n'a pu te voir sans t'aimer et veut te prendre pour femme... — Il est jeune encore, il est riche et, ce qui vaut cent fois mieux, c'est un cœur d'or... — Tu ne pouvais, dans notre position modeste, rêver une aussi belle alliance... — Elle assurerait le repos de ta vie et comblerait mes vœux... — Je n'ai pas le droit cependant de décider sans ton aveu de ton existence et je viens te dire : Décide toi-même !...

La jeune fille, en écoutant son père, avait légèrement pâli.

— Décider !...— balbutia-t-elle. — Quoi ! si vite?..,

— On ne saurait se hâter trop d'accueillir le bonheur quand il se présente...

— Pouvais-je me douter que M. Metzer éprouvait pour moi le tendre sentiment dont il vous a parlé?

— Tu le sais maintenant...

— Je ne trouve pour lui dans mon cœur qu'une amitié reconnaissante...

— N'est-ce donc point assez?...

— Je croyais qu'avant le mariage il fallait un peu d'amour.

— Idées romanesques, chère fille !... Il ne faut que de l'estime et de la sympathie... — On se marie d'abord et l'amour vient après...

— Vous en êtes sûr?

— J'en suis absolument certain...

Léonide baissa la tête et pendant quelques secondes garda le silence.

— Sois franche avec moi, chère mignonne, — reprit M. Gallard inquiet. — Ne me cache rien... — Aimes-tu quelqu'un?...

— Personne au monde que vous, mon père...

— Alors, hésiter serait folie!! — Accepte, mon enfant!!... Accepte!!

— Est-ce bien le bonheur qui m'est offert?...

— Je te l'affirme!... et le plus complet de tous les bonheurs... le bonheur calme avec un honnête homme...

— Vous tenez beaucoup à ce mariage?

— J'y tiens pour toi... — J'y vois toutes les garanties d'avenir qu'un père prudent et sage doit désirer pour l'enfant qu'il chérit... — Le jour où tu seras la femme de Daniel Metzer j'aurai assez vécu... — Dieu pourra me retirer de ce monde, je mourrai tranquille et joyeux...

— Eh bien, mon père, je crois en vous plus qu'en moi-même... — Je suis presque une enfant encore et vous avez la raison qui me manque... — Que votre volonté soit faite!...

— Tu consens?...

— Je consens...

— Et tu m'autorises à porter à Daniel cette bonne nouvelle?...

— Je vais la lui porter avec vous...

M. Gallard, affolé de joie, pressa Léonide impétueusement contre sa poitrine et couvrit ses joues de baisers, puis il la prit par la main et il l'entraîna jusqu'à la chambre où attendait Daniel Metzer.

— Mon fils, mon cher fils, — lui cria-t-il dès le seuil, — embrassez votre femme !!...

L'Allemand naturalisé était un habile comédien quand il le fallait, nous le savons déjà.

Le bouleversement de tout son être, son ivresse, sa gratitude sans bornes et son émotion immense furent joués avec un si merveilleux naturel que la jeune fille se sentit touchée.

— Il m'aime tant !... — se dit-elle. — Je l'aimerai sans doute... Je veux, je dois l'aimer...

A partir de ce moment Daniel n'eut qu'une idée fixe ; arriver à la célébration du mariage dans le plus bref délai.

Il se montra d'ailleurs, ou du moins, — ce qui revenait au même pour M. Gallard, — il parut se montrer d'une générosité sans égale.

Riche de plus de trois cent mille francs nets et liquides, représentés par des billets de banque et des valeurs de premier ordre immédiatement réalisables, et Léonide Gallard ne possédant rien, il semblait naturel qu'il constituât à sa fiancée un apport dotal quelconque et qu'il se mariât pour le reste sous le régime de la séparation de biens.

L'industriel, dans sa naïve loyauté, désirait qu'il en fût ainsi.

Daniel ne voulut pas entendre parler de ces dispositions restrictives.

— Ce qui est à moi, — dit-il, — doit être également à la femme qui consent à m'accepter pour mari... — Je refuse d'admettre qu'il n'en soit pas ainsi...

En conséquence la communauté de biens fut stipulée au contrat, dont l'une des clauses disait en outre que si l'un des époux venait à mourir sans qu'il y eût d'enfants issus du mariage, toute la fortune appartiendait au dernier vivant.

Non content de ces libéralités que le notaire, *in petto*, traitait de folies, Daniel offrit à sa future une corbeille dont la richesse et l'élégance relatives stupéfièrent et éblouirent la jeune fille habituée à une grande simplicité.

Le temps strictement nécessaire pour les formalités légales s'écoula.

Le mariage civil fut célébré à la mairie, suivi du mariage religieux à l'église et à la synagogue, et Léonide Gallard devint madame Daniel Metzer.

Dès le lendemain l'Allemand naturalisé, las d'une contrainte de plusieurs semaines, desserra les cordons du masque qu'il ne devait pas tarder beaucoup à jeter tout à fait.

Ainsi, très-poliment, mais avec une netteté parfaite, il signifia à M. Gallard qu'il eût à ne plus compter sur une association dont les résultats n'avaient aucune chance d'être rémunérateurs et pouvaient devenir ruineux.

— Vendez au plus vite votre fabrique, cher beau-père... — ajouta-t-il; — le produit de cette vente vous permettra de me rembourser mes vingt mille francs... — Je les ferai valoir et vous en servirai la rente, car je vous vois sans la moindre ressource et je n'admets point qu'un beau-père respectable et respecté comme vous en soit réduit à tendre la main, ou à recourir à l'Assistance publique... Mon crédit d'ailleurs en pourrait souffrir...

Ceci fut pour le pauvre et crédule industriel un premier et terrible coup.

Il en reçut un second, bien autrement rude, quand, peu de jours après le mariage, il vit son gendre, agissant avec des titres en règle au nom de Madame Metzer, née Gallard, réclamer pour elle l'héritage du parent ignoré, Michel Saulnier, et demander l'envoi en possession immédiat.

Les yeux du vieillard s'ouvrirent. — Il comprit que le juif connaissait cet héritage avant de se présenter rue du Pas-de-la-Mule, et qu'en sollicitant la main de la jeune fille il ne songeait qu'à la succession en déshérence...

Le désintéressement, la générosité, l'amour, auxquels M. Gaillard avait cru, ne constituaient donc qu'une indigne comédie!!... — Sa Léonide était aux mains d'un misérable!! — Son enfant bien-aimée serait victime de l'aveuglement paternel!...

Le pauvre homme tombait de trop haut. — Il ne survécut pas à cette chute où son cœur se brisait...

Deux mois après les funestes noces, un corbillard de cinquième classe menait au cimetière le malheureux père...

Le lendemain de l'enterrement Daniel Metzer, ayant vendu la fonderie et bien et dûment nanti des capitaux de l'héritage Saulnier, partait pour l'Afrique avec sa jeune femme éplorée.

FIN DU DEUXIÈME VOLUME

F. Aureau. — Imprimerie de Lagny.